L'ENFANT DANS LE TAXI

DU MÊME AUTEUR

Dans L'Arbalète / Gallimard

LÀ, AVAIT DIT BAHI, *roman*, 2012

LES GRANDS, *roman*, 2014

LÉGENDE, *roman*, 2016

L'AFFAIRE FURTIF, *roman*, 2018

PAR LES ROUTES, *roman*, 2019

LES ORAGES, *nouvelles*, 2021

Chez d'autres éditeurs

LES MATINÉES D'HERCULE, *roman*, Le serpent à plumes, 2007

AFRICAINE QUEEN, Le tigre, 2010

TANGANYIKA PROJECT, *roman*, Léo Scheer, 2010

LA VIE DANS LES ARBRES, *suivi de* SUR LES BIDONVILLES, LES CABANES ET LA CONSTRUCTION SAUVAGE, Le tigre, 2011

PHOTOMATONS, *poésie*, L'usage, 2021

Traductions

PANCHO VILLA de John Reed, Allia, 2009

DÉCOLONISER L'ESPRIT de Ngugi wa Thiong'o, La fabrique, 2011

SYLVAIN PRUDHOMME

L'ENFANT DANS LE TAXI

LES ÉDITIONS DE MINUIT

L'ÉDITION ORIGINALE DE CET OUVRAGE A ÉTÉ
TIRÉE À TRENTE-NEUF EXEMPLAIRES SUR VERGÉ
DES PAPETERIES SCHLEIPEN NUMÉROTÉS DE
1 À 39 PLUS NEUF EXEMPLAIRES HORS COMMERCE
NUMÉROTÉS DE H.-C. I À H.-C. IX

RÉFÉRENCE DE L'ÉPIGRAPHE
Les Éditions du Scorpion, 1949, rééd. Le Dilettante, 1993.

Mais les vrais souvenirs vivent par en dessous. Ils s'obstinent.

Georges Hyvernaud,
La Peau et les Os, 1949

Ce matin-là elle aide son père à fendre le bois dans la cour. Il a neigé toute la nuit, le sol est blanc, maculé de boue aux endroits qu'ils piétinent. Depuis une heure elle lui présente l'une après l'autre les bûches, ramasse chaque fois le coin dans la neige pour le replacer à l'aplomb d'un nouveau rondin, le buste penché en avant, le bras raidi dans l'attente du coup de masse. Enfin la dernière bûche cède, le bois craque, les deux moitiés se séparent, retombent déchirées dans la neige, la pulpe éclate à la lumière. Le père remise la masse contre le mur et s'éloigne, le vacher l'attend du côté de l'étable, depuis deux jours il trouve du fourchet aux talons des bêtes.

Elle reste seule, finit d'empiler les bûches dans le silence seulement troublé par le bruit clair que fait le bois à chaque morceau qu'elle dépose au haut de la pile. Alentour les murs se taisent, la cheminée fume, la ferme entière est couchée dans la neige comme une bête chaude.

Elle se demande où est le Français que sa famille loge depuis deux semaines. Elle se demande s'il a remarqué qu'elle est seule, s'il sait que la mère est partie depuis le matin à la ville, le père descendu à l'étable pour deux bonnes heures au moins. Que jusqu'au déjeuner au moins nul ne viendra.

Elle observe la maison, cherche à deviner où il est. Guette aux fenêtres un signe, le mouvement d'un volet, d'un rideau, d'une silhouette. Elle se demande s'il a prévu ce matin-là de descendre à la garnison ou de rester jusqu'au soir à la ferme comme il fait parfois, plongé dans ses livres, ne les délaissant que le temps d'une brève promenade, la même chaque fois, toujours à la même heure du début d'après-midi, le long du même sentier qui descend au lac, et toujours alors elle le regarde à regret s'éloigner, et le travail que font ses mains à cet instant lui semble vain, le linge qu'elle étend, les lapins qu'elle nourrit, ce qu'elle voudrait c'est marcher elle aussi vers le lac en contrebas, s'arrêter comme lui devant la vue, contempler avec lui ce lac qu'elle regarde depuis qu'elle est née, vaste comme une mer, fermé en face par les montagnes de la Suisse et de l'Autriche.

Et puis d'un coup elle le voit qui est là, qui la regarde, tout proche. Posté au carreau de la cuisine depuis un moment peut-être. Elle sursaute. Elle sourit. Elle lui fait ce geste. Un signe de la main qui dit : viens. Un signe sans équivoque, avant même de l'avoir voulu, qui ne peut que vouloir dire ça. Et puis elle se retourne et marche vers la grange, à l'autre bout de la cour, atteint la lourde porte en bois, l'écarte juste ce qu'il faut, se coule dans l'obscurité. S'adosse à l'épais mur. Attend. Attend dans l'odeur forte de paille remisée, de suint, d'engrais, d'outils, de machines roulées dans le purin. Écoute son pouls battre. Son sang rebondir dans ses tempes.

Elle entend les pas qui craquent dans la neige, les pas du Français qui approche, qui dans dix secondes sera là, elle le devine qui traverse la cour enneigée, les mains dans ce manteau qu'elle a nettoyé pour lui sans parvenir à le rassouplir, comme si le gel et la boue l'avaient irréversiblement durci, ce manteau qu'il ne quitte jamais, avec lequel il a fait la guerre.

Elle entend les gonds qui grincent, regarde la porte se rouvrir imperceptiblement, la silhouette de l'homme se faufiler dans le trait de lumière, rester un peu sans rien voir d'abord dans l'obscurité, appeler d'une voix hésitante son prénom.

Elle se détache du mur, vient se placer devant lui, debout de toute sa hauteur dans l'ombre. Elle sourit. Elle est fière d'avoir osé. Elle écoute le Français murmurer son prénom, le prononcer maladroitement.

Elle rit qu'il parle si mal allemand, qu'il ne comprenne rien, jamais, depuis deux semaines qu'il vit avec les siens. Elle le regarde qui a froid, avec son nez humide, ses joues pâles, ses mains glacées. Son corps pas fait pour ça, pas taillé pour la guerre ni pour ce froid. Le contraire du corps des soldats qui ces derniers mois emplissaient d'un coup la ferme de leurs vociférations ivres, abattaient trois ou quatre poules, les dévoraient mi-crues en la reluquant de loin, des mots gras plein la bouche, des ricanements lubriques jusqu'au fond des pupilles, repartaient aussi vite qu'ils pouvaient, avec leur terreur d'hommes en pleine décampade, leur brutalité de vivants dont la fin est proche et qui le savent, et qui désespérés de se savoir foutus envient tout ce qui autour d'eux va vivre, voudraient faire la peau à chaque être dont le cœur va continuer de battre, le blesser, l'abîmer, lui faire payer l'insolence de sa santé.

En six ans de guerre elle en a vu passer, des soldats. Des Allemands. Des Français. Des vainqueurs. Des vaincus. Des prisonniers. Des réquisitionnés affectés aux récoltes, aux labours. Des traîtres à leur pays pas gênés de se pavaner au milieu des massacreurs de leur peuple, décorations bien en vue, toute fierté ravalée, toute vergogne bue. Elle a vu repasser les vainqueurs d'hier en déroute, détalant hagards à présent, méconnaissables, décimés, féroces.

Mais ce Français-là est d'une espèce inconnue. Celui-là a le corps long et fin, le visage délicat, des manières de fille presque. Celui-là depuis deux semaines vit avec elle et ses parents sans un signe de brusquerie jamais, partage avec eux les repas, la traite avec douceur, l'a même fait danser l'autre soir sous les arbres au bord du lac, dans la musique de l'orchestre qui montait du kiosque, une fête qu'organisaient les Français pour marquer la fin de la guerre, le retour de la vie, si on pouvait appeler ça la vie, les Français n'avaient reculé devant aucune dépense et des lampions pendaient à toutes les branches des tilleuls et des saules au-dessus de l'eau, le bout de rive entier brillait dans la nuit, il y avait dans tout ce faste allumé au cœur de la ville exsangue une arrogance insupportable et pourtant la musique faisait du bien, l'alcool faisait du bien, chacun s'était peu à peu laissé aller. Le Français était venu l'inviter à danser et tous les regards s'étaient froncés en voyant qu'elle acceptait, qu'elle se levait et se mettait sans hésiter à valser dans ses bras, que tous les deux dansaient avec bonheur, étaient beaux, il y avait si longtemps qu'elle n'avait pas dansé ainsi, entre les bras d'un homme qui lui plaisait, dansé sur la musique d'un orchestre qui jouait pour elle, avec dans les membres et dans tout le corps la chaleur de plusieurs verres de vin mousseux bus sans compter.

C'était il y a trois jours et le lendemain plusieurs amies ne s'étaient pas privées de lui dire en face ce qu'elles pensaient, dis donc tu ne vas pas te mettre à coucher avec un Français, tu ne vas pas te mettre à faire la putain, à nous causer honte, une autre amie au contraire lui avait dit aime, qu'attends-tu aime, elle l'avait prise entre quatre yeux et l'avait secouée comme un pommier, réveille-toi ma chérie tu as vu ce qu'est le monde autour, tu as vu dans quel état est la ville dans quelle misère nous sommes tous, tu ne vas pas laisser passer pareille occasion j'espère, elle lui avait répété aime et fous-toi royalement de ce que tu entendras, fous-toi de ce que penseront ces jalouses ces mégères ces envieuses qui rêveraient d'être à ta place, cet homme te plaît aime-le.

Maintenant elle embrasse le Français, se serre contre lui. Elle l'embrasse encore, goûte ses baisers pleins d'ardeur, fervents, bons, presque comiques d'ardeur, les baisers d'un amant qui aime ça, le plaisir, l'amour, faire l'amour, ces choses-là d'instinct se devinent. Elle sent ses bras qui l'enveloppent, ses mains qui passent sous le châle qu'elle a jeté sur ses épaules, la serrent, la plaquent contre lui, impatientes, attrapent déjà ses hanches, ses fesses, se glissent sous ses vêtements. Elle se détache un moment de lui, attrape sur une étagère une vieille couverture, la défait, l'étale dans la paille. Elle lui dit viens. *Komm*, et ce mot-là au moins le Français le comprend, et tous les deux s'allongent, s'embrassent, se caressent, avidement se caressent, sont nus, se lovent pour se réchauffer comme ils peuvent. Ils sont jeunes et ça ne les empêche pas de savoir très bien quels gestes faire, quels mouvements imprimer à leurs corps pour se donner du plaisir et en prendre. Dans son souvenir tout va de soi, tout est simple, elle se rappelle que c'est ce qui la frappe : combien tout est facile, et chaud, et bon. Cela et la souplesse de leurs membres enlacés. La douceur de leurs peaux. L'humidité de leurs sexes. L'énergie de leurs muscles. Le plein de toute cette vie qui bat dans leurs veines et irrigue si fort leurs corps, exulte, ne demandait que ça depuis des mois, exulter.

*

Je ne sais pas si cette scène a eu lieu. C'est-à-dire : je ne sais pas si elle a eu lieu comme ça, dans ces circonstances. Je ne sais pas si la cour de cette ferme a jamais existé. Si cela s'est passé dans une grange, dans une chambre d'hôtel, dans les vestiaires d'un mess d'officiers. Je ne sais pas quel visage avait l'inconnue du lac de Constance. Je ne sais pas si elle était blonde ou brune, je ne sais rien, je n'ai même pas cela : un indice de couleur de cheveux, un détail de silhouette, une façon de se tenir, un geste familier, un éclat de rire sonore ou léger, un grain de voix, une humeur enjouée, au contraire une gravité qui n'appartenait qu'à elle. Je n'ai pas de photo, pas de récit de première ni de seconde main.

Je vois simplement que cette scène me poursuit. Que je l'ai mise dans un livre il y a des années, sans bien mesurer ce qui s'y jouait. Je vois que toujours mon imagination m'y reconduit, la fantasme, la rêve. Avec son innocence. Avec sa gravité. Avec son vertige de conséquences imprévues. Scène du désir plus fort que tous les interdits, avec sa déraison, son scandale, ses effets pendant des décennies ensuite. Scène ordinaire du désir ordinaire, avec son onde de choc ordinaire. Scène primitive, à jamais manquante, que ni Malusci ni cette femme ne sont plus là pour raconter. Matrice solaire et sombre à la fois, autour de laquelle je veux tourner, retourner, avant le jour où tous ceux qu'elle touche de près ou de loin seront à leur tour mis en terre et où ne restera plus rien là-bas que le soleil sur le lac, et les montagnes alentour enneigées, et l'eau scintillante à jamais, contemplée par d'autres amoureux en promenade sur la rive, toujours nouveaux, émus comme Malusci et cette femme avant eux de marcher l'un près de l'autre, de se vouloir – à nouveau le désir, l'irrépressible besoin de se serrer, de se fondre l'un dans l'autre, à jamais les mêmes élans électrisant les corps, dans les siècles des siècles.

Je ne sais pas pourquoi ces deux amants-là me bouleversent. Je sais seulement que cela fut. Que ces deux bouches un jour de printemps s'embrassèrent. Que ces deux corps se prirent. Je sais que Malusci et cette femme s'aimèrent, mot dont je ne peux dire exactement quelle valeur il faut lui donner ici, mais qui dans tous les cas convient, puisque s'aimer cela peut être mille choses, même coucher simplement dans une grange, sans autre transport ni tendresse que la fulgurance d'un désir éphémère, l'éclair d'un plaisir suraigu, dont tout indique que Malusci et cette femme gardèrent longtemps le souvenir. Je sais que de ce plaisir naquit un enfant, qui vit toujours, là-bas, près du lac. Et que ce livre est comme un livre vers lui.

1

Mais d'abord il faut revenir au début/D'abord il faut raconter l'instant où toute l'histoire s'était mise à refaire surface, à se frayer à nouveau un chemin à travers les couches de silence sous lesquelles chacun avait pris depuis des décennies l'habitude de l'ensevelir, l'habitude ou la décision plus ou moins délibérée – à supposer qu'on puisse jamais faire avec certitude la part de ce qui a été consciemment voulu et de ce qui n'aura relevé au fond que d'un malencontreux concours de négligences successives –, une malheureuse accumulation de non-décisions plutôt que de vrais choix, quelque chose au fond comme une flemme, un ajournement toujours répété de la promesse faite à soi-même d'un matin enfin affronter la difficulté, moins un acte à proprement parler que la perpétuation d'une absence d'acte, la continuation d'une absence d'entorse à la volonté de la famille, d'une absence de scandale, la conformation à l'éternel impératif de *ne pas faire de vagues* : quelque chose comme un ordre supérieur aux allures de glacis, chape de silence devenue invisible à force d'habitude, d'autant plus puissante que paisible, sans aspérité, sans prise, puisque tous les secrets sont faits de cette pâte innocente, habillée des meilleures intentions, parée de souci du prochain : si je ne t'ai rien dit c'était pour ton bien. Puisque depuis toujours dans l'ordre des familles le crime c'est de parler, jamais de se taire.

Quelque chose donc comme un pli paresseux qu'au fil des décennies tout le monde avait pris et qui avait relégué l'affaire hors du cercle des préoccupations familiales, parmi les faits que nul n'évoquait plus qu'en baissant la voix à la fin d'un déjeuner de Noël trop arrosé, au moment où ne restaient plus autour du café que ceux qui savaient, et alors à quoi bon se rappeler ces choses auxquelles plus personne ne souhaitait repenser, à quoi bon réveiller un souvenir qui commençait enfin à laisser en paix ceux qu'il avait longtemps tourmentés.

Jusqu'à cet après-midi de juillet où le secret avait resurgi là, dans cette pièce, alors que la famille au complet revenait tout juste du cimetière, se détendait, retrouvait sous l'effet des petits fours et d'un bon muscat un semblant de bonne humeur, d'entrain, les plus âgés assoupis au creux des canapés, le cousin chéri de tous pour sa drôlerie recommençant à risquer çà et là une saillie, chacun s'autorisant à nouveau à rire, à parler d'autre chose que du grand-père à présent paisiblement couché sous la terre, ou à évoquer de lui d'autres souvenirs que ceux contraints par la solennité de la cérémonie, la vie recommençant d'aller, de s'écouler avec son bruissement familier, son brouhaha rassurant.

Et moi qui m'étais soudain retrouvé avec le bout d'un fil entre les doigts, l'extrémité d'une pelote sur laquelle j'avais aussitôt senti que je n'aurais qu'à tirer pour faire venir à moi le reste de l'histoire. C'était arrivé à ce moment précis et contre toute attente cela n'avait rien dû au hasard, ni à l'indiscrétion involontaire d'un invité, ni encore moins à la lecture d'un acte ou d'un courrier que j'aurais commis l'indiscrétion de consulter. Non : ç'avait été le fait d'un homme, appelons-le Franz, de sa décision calme, mûrement réfléchie depuis des jours, ou prise peut-être pendant le trajet retour du cimetière qu'il avait passé à remuer sa frustration d'avoir une fois de plus gardé le silence, ne supportant plus de se plier à l'omerta générale.

Pouvant revoir la scène avec tout ce qu'elle avait eu d'inattendu, d'ahurissant : moins en fin de compte l'extrémité d'une pelote que la mèche d'une bombe que l'homme en question – ce fameux Franz – m'avait à l'improviste mise entre les mains, cela sans prévenir, sans que ni moi ni personne ait rien vu venir, quelques mots soufflés comme en douce, dans la plus parfaite discrétion vis-à-vis des dizaines d'autres convives qui n'avaient rien deviné, rien entendu de nos deux ou trois minutes de conversation, la maison entière absorbée dans les effusions de l'après-cérémonie, Imma encore un peu hagarde là-bas dans le coin de canapé où ses enfants l'avaient fait asseoir, entourée d'attentions, de gentillesse, de mots de réconfort qu'elle ne semblait plus entendre, dépassée par le bruit alentour, comme épuisée, vidée par l'émotion des derniers jours qui enfin retombait.

Et au milieu du brouhaha cet homme qui m'avait d'un coup pris en aparté, cet homme (comment l'appeler : mon oncle ? indubitablement mon oncle, si on veut bien débarrasser le mot de ce qu'il suppose d'intimité déjà ancienne, puisque la rencontre de Franz et de Julie, ma tante, n'était vieille que de quelques années, remariés l'un à l'autre sur le tard : un oncle que je n'avais pas dû voir beaucoup plus de dix fois dans ma vie, dont je ne savais en définitive pas grand-chose, n'ayant jamais échangé avec lui que des réflexions convenues, démonstrations d'affection partagées de bonne foi mais à la surface de nos vies, sans rien qui nous engage intimement ni l'un ni l'autre) : un homme presque étranger à la famille, étranger de sang en tout cas, puisque c'est le sang surtout qui importe dans toute l'affaire qui va suivre, un homme qui avait d'abord pour caractéristique à nos yeux à tous d'être Allemand il faut le dire, un vrai Allemand d'Allemagne avec ce que cela avait d'exotique au sein de notre famille depuis toujours méridionale, accrochée aux rives de la même Méditerranée écrasée de soleil, bordée des mêmes vignes aux raisins lourds de sucre, des mêmes vergers d'abricotiers et de pruniers, des mêmes collines brûlées de soleil : des générations d'enfants et de petits-enfants sans rien d'autre à l'horizon jamais que du sang du Sud, des visages hâlés par la canicule, des peaux parcheminées au contact du mistral et de la tramontane, des mains faites aux coups de pelle dans la terre caillouteuse, des gosiers rompus au rouge rempli de sulfites du Languedoc et d'Algérie – et tout d'un coup ce buveur de bière à la barbe rasée de près qui était arrivé des forêts germaniques comme un morceau d'Allemagne à lui tout seul, plus vrai que vrai, pas seulement Allemand d'Allemagne mais Allemand de Bavière, pas seulement munichois mais employé du plus célèbre constructeur automobile d'Outre-Rhin, préposé depuis des décennies à la construction de voitures qui dans l'imaginaire des Malusci représentaient la quintessence de l'Allemagne, l'absolu condensé des vertus germaniques ; l'Allemand de la famille avec ce que son français irréprochable mais coloré d'un léger accent lui donnait d'air bonhomme, jovial, sympathiquement gaffeur, toujours dévoué, toujours enjoué y compris avec Malusci qui dans le rôle du beau-père manquait pourtant peu d'occasions de le rudoyer.

Et voilà que c'était lui qui avait tout provoqué, c'était lui qui avait profité de ce que je remplissais nos verres à tous les deux pour délaisser brusquement le ton mondain et me faire cette confidence que j'avais écoutée incrédule, vois-tu Simon j'ai un regret, tu te rappelles l'instant où le type des pompes funèbres a demandé si quelqu'un voulait encore ajouter quelque chose

(pouvant aussitôt revoir les longues secondes de gêne qui s'étaient emparées de nous tous au cimetière, le cercueil sur le point de descendre au caveau, les pétales de roses déjà épars sur le couvercle en bois, Imma depuis plusieurs minutes préparée à l'épreuve de voir déposer à bout de cordes dans la niche en béton l'homme avec lequel elle avait passé soixante-quinze ans de sa vie, l'ensemble de la cérémonie entamée le matin à l'église sur le point de connaître enfin son climax – et le type des pompes funèbres qui pris d'une envie de rab avait une dernière fois remis ça)

est-ce que quelqu'un veut encore dire un mot

comme s'il n'y avait pas déjà eu plusieurs discours à l'église, comme si deux des petits-enfants de Malusci n'avaient pas déjà ému tout le monde en interprétant un duo pour violon et piano autrefois chéri du défunt, perpétuant ce qui avait toujours été un des liens les plus indéfectibles entre Imma et lui, une de leurs plus grandes fiertés à tous les deux, avoir donné naissance à une famille de musiciens, prolixe en pianistes, en violonistes, en chanteurs dont Malusci lui-même avait été le plus talentueux, une magnifique voix de basse chantante répétaient souvent ceux qui avaient eu l'occasion de l'entendre autrefois, déplorant qu'il n'en ait pas fait sa vie, rêvant à ce qu'aurait pu être sa carrière s'il avait persévéré, ne s'était pas froissé à la première résistance, au premier obstacle, regrettaient-ils avec un rien de réprobation

est-ce qu'un membre de la famille ou un proche souhaite dire un dernier au revoir au défunt avait insisté ce foutu type en costume, dans un instant nous descendrons le cercueil dans le caveau et la cérémonie prendra fin

et la famille entière qui était restée muette, piteuse, le temps qui s'était étiré, rallongé, comme si les employés des pompes funèbres pour la première fois ne le comptaient plus, étaient prêts si besoin à attendre des heures, comme si par l'effet d'un sixième sens acquis à force de métier ils avaient tout deviné, avais-je ensuite pensé, comme si sous leurs allures de professionnels stipendiés ils avaient eu la secrète intuition qu'autour de ce mort-là rôdaient encore des secrets qui méritaient d'être brisés, la petite cinquantaine d'enfants de petits-enfants d'amis de proches figés dans le silence, les arbres alentour immobiles dans l'air saturé de lumière, le cimetière entier comme prostré à l'exception d'un merle que tout le monde avait regardé s'envoler de la pointe d'un cyprès, fendre paisiblement l'air poudré de soleil, se reposer un peu plus loin dans le contre-jour au sommet d'un cyprès plus haut encore

pas de regret plus personne ne veut prendre la parole avait une ultime fois dit le type en costume sombre et tu te rappelles le moment où il a prononcé ce mot, regret, m'avait demandé Franz, tu te rappelles le moment où il a articulé ces trois mots en forme de question, pas de regret, eh bien à cet instant j'ai failli prendre la parole avait dit Franz en levant son verre moins pour trinquer que pour masquer l'émotion qui s'emparait de lui au souvenir de la scène

j'ai failli prendre la parole pour dire que moi je voulais ajouter un mot

aveu auquel je n'avais pu m'empêcher de réagir d'un ton presque vexant

toi

syllabe échappée de ma bouche et qui avait glissé sur Franz sans l'atteindre

hochant la tête sans se démonter

j'aurais peut-être dû je m'en veux

sincèrement il s'en est fallu d'un cheveu

marquant une nouvelle pause dont je m'étais agacé, persuadé que Franz me reprochait ce raté, me le reprochait à moi et à toute notre famille comme un manquement à Malusci, une regrettable fausse note, je m'étais senti démangé soudain de l'envie de remettre ce Franz à sa place, de lui dire avec toute la mauvaise foi dont je me sentais d'un coup capable qu'il avait eu tort de se sentir embarrassé, que pour ma part je n'avais pas trouvé ce silence long, ne voyais même pas de quel silence il parlait, et d'ailleurs qui était Franz pour juger les nôtres, de quel droit s'autorisait-il à se demander si nous avions convenablement ou non préparé l'inhumation de Malusci, tout cela sur le point de sortir de ma bouche avec une agressivité dont j'avais immédiatement senti ce qu'elle avait d'archaïque, venue de quelles profondeurs, née de quelle pulsion clanique dont jamais je n'aurais pensé être traversé

(pouvant voir redéfiler en un éclair la journée qui jusqu'à cet instant s'était déroulée au mieux, si l'on peut parler ainsi d'un jour où une famille enterre son patriarche : l'arrivée de bon matin à l'église, les retrouvailles sur le parking avec les uns et les autres, le bouleversement de voir toujours plus de voitures arriver, toujours plus de silhouettes en sortir, toutes également vêtues de couleurs sombres, une foule à chaque minute plus nombreuse de parents éloignés et d'amis de la famille auxquels je n'avais plus songé depuis longtemps et dont la présence ce matin-là sur ce parking venait pour ainsi dire attester la mort de Malusci, lui donner une réalité irréversible, spectaculairement confirmée par la convergence de tous, l'effort vestimentaire de tous, la tristesse de tous ; le moment à l'église où on m'avait appelé près de l'autel pour dire un mot de mon grand-père, mot dans lequel, je m'en rendais compte maintenant, j'avais parlé de Malusci au conditionnel passé, évoquant tout ce qui aurait pu advenir si Malusci avait accepté de se rendre plus accessible, tout ce que moi Simon j'aurais aimé partager avec ce grand-père s'il avait bien voulu être autre chose pour nous tous que cette statue du commandeur fissurée de toutes parts qui pourtant avait jusqu'au bout continué de nous tenir dans l'effroi, distribuant de loin en loin ses jugements, ses verdicts, cela bien sûr je ne l'avais pas dit mais je l'avais pensé, comme beaucoup d'autres sans doute dans l'assistance ; puis le trajet en voiture avec mes parents comme autrefois, seuls tous les trois en route vers le cimetière, le père au volant, la mère qui avait eu toutes les peines du monde à exprimer sa tristesse, pensive, retirée en elle-même tandis que nous suivions dans les embouteillages le corps de son père étendu dans le cercueil couronné de fleurs ; enfin la lente marche à travers les allées du petit cimetière derrière le corbillard, la silhouette fragile d'Imma parmi les pavés inégaux, les échanges d'embrassades et de poignées de mains, l'éclat du soleil dans le ciel sans nuages, l'acheminement vers un adieu en tout point réussi à Malusci – et tout d'un coup ce type des pompes funèbres qui avec son insistance avait jeté le malaise)

j'ai failli prendre la parole avait répété Franz et j'avais dû me retenir de lui demander au nom de quoi, amusé de l'incongruité de la situation qui en aurait résulté, le dernier mot de la vie de Malusci dit par Franz

j'avais été à deux doigts de rire ostensiblement de ce scénario, Malusci enterré avec une ultime bénédiction venue de toi, un étranger qui sans vouloir t'offenser ne l'aura connu qu'un nombre d'années dérisoire, à qui je ne suis même pas certain qu'il était très attaché

j'avais failli lui envoyer ce tacle mais c'est alors que Franz m'avait scié, dégonflant d'un coup tout mon agacement

j'ai failli parler de M.

tu as déjà entendu parler de M. bien sûr

moi pris de court, déballonné, m'efforçant de comprendre

me demandant quel M.

pensant à toute allure quel M. de qui parle-t-il qu'est-il donc en train de me raconter

m'étonnant de ce prénom étrange, impossible à rattacher à rien dans mes souvenirs

M. parfait prénom américain avais-je d'abord pensé faute d'en savoir l'orthographe

M. tu es au courant n'est-ce pas on t'a déjà parlé de M. m'avait demandé Franz

à quoi je n'avais pas même osé répondre non

me contentant de me taire et d'écouter, devinant que tout irait très vite à présent, que chaque mot qu'aurait le temps de dire Franz se graverait à jamais dans mes pensées, l'important était que Franz parle, qu'il dise tout ce qu'il pourrait dire avant que cette conversation soit de toute façon interrompue, comme il était inévitable qu'elle le soit, au milieu du salon bondé d'invités

M. le fils allemand de Malusci tu es au courant n'est-ce pas que ton grand-père a eu un fils en Allemagne à l'époque où il était soldat d'occupation au bord du lac de Constance

un fils avec une Allemande qu'il a connue pendant quelques semaines tu le savais n'est-ce pas moi abasourdi incapable de rien faire d'autre qu'enregistrer

le prénom M.

les mots fils allemand de Malusci

les mots une Allemande qu'il a connue pendant quelques semaines

chaque nouvelle phrase de Franz comme une déflagration sourde que j'avais sentie se propager dans tout mon être

tu es au courant n'est-ce pas que ta mère et Julie et Catherine et Nicolas ont depuis toujours un frère en Allemagne, un frère à peine plus âgé que ta mère, qui vit toujours là-bas, près du lac

je n'avais rien pu faire que secouer doucement la tête et j'avais vu que Franz n'était pas plus étonné que ça, que mon ignorance ne faisait que confirmer son sentiment quant à la parfaite absence de M. de nos vies à tous

j'étais triste que personne n'évoque cet enfant que tout le monde fasse comme s'il n'existait pas alors quand le type des pompes funèbres a posé cette question j'ai pensé que peut-être il fallait dire un mot pour lui, avait continué Franz, j'ai failli prendre sur moi de demander à tout le monde de se rappeler son existence

cela dit d'un ton calme, comme s'il revivait la scène, se revoyait devant le caveau à l'instant où le cercueil de Malusci était descendu à bout de cordes dans le trou, cela finalement sans que ni lui ni personne ne dise rien, sans que la journée prenne au dernier moment le tournant qu'il avait un moment songé à lui donner, sans que rien n'arrive, simplement la continuation de la même cérémonie sans accroc, sans surprise

j'ai failli demander à tout le monde d'avoir une pensée pour ce fils de Malusci dont tout le monde passait systématiquement l'existence sous silence, dont beaucoup de gens ici ne savent même pas que Malusci l'a eu

j'ai failli expliquer que M. aurait aimé être là, avait continué Franz, qu'il avait même songé à venir, que M. avait songé à venir, parfaitement, le prénom de M. articulé bien haut bien net dans l'air du cimetière après toutes ces années de silence, claironné au-dessus de toutes ces têtes rien que pour le plaisir de voir leurs billes ahuries, avait souri Franz mais à présent son sourire était triste et j'entendais les regrets dans sa voix, les reproches qu'il se faisait à lui-même d'avoir finalement gardé le silence, cédé comme tout le monde depuis des décennies à la facilité de se taire

j'ai failli dire que même si les aléas de la vie n'avaient pas permis que M. soit là il ne tenait qu'à nous de l'associer à ce moment, d'avoir ne serait-ce qu'une pensée de quelques secondes pour lui, le temps qu'il dise lui aussi au revoir à son père

ce mot que Franz avait manifestement prévu de dire devant tout le monde et qu'il disait maintenant devant moi, pour que je l'entende bien, qu'il s'enfonce bien en moi

son père

à quoi j'avais machinalement acquiescé et relevant les yeux j'avais regardé Franz porter son verre à ses lèvres, le boire presque d'un trait, une gorgée puis une autre, le cartilage de sa gorge coulissant le long de son cou, se soulevant et s'abaissant à mesure que le liquide descendait dans l'étroit goulot de son gosier, la tête se redressant enfin, reprenant son assiette, mes yeux balayant machinalement le spectacle des invités épars aux quatre coins de la pièce, observant les gestes des convives sortis prendre l'air et le soleil sur le balcon, le va-et-vient de ceux affairés du côté de la cuisine à rassembler les coupelles vides et les assiettes en carton usagées, à glisser dans un grand sac-poubelle noir les gobelets abandonnés çà et là

Imma toujours assise là-bas au milieu du canapé de cuir dans lequel elle semblait s'enfoncer de minute en minute, égarée, absente à l'effervescence alentour, Imma dont le regard avait pile à cet instant rencontré le mien, me fixant comme pour me jauger, me sonder, comme si elle avait tout entendu, tout deviné un verre s'était brisé là-bas du côté du canapé et Franz et moi étions d'un coup revenus à nous, avions cessé de nous tenir hagards près de la petite table où trônaient les bouteilles d'apéritifs, autour de nous les invités continuaient d'aller et venir en parlant, quelqu'un avait mis de la musique, une jeune cousine s'était impatientée de nous voir barrer l'accès aux boissons et Franz avait dû deviner le genre de pensées qui défilaient en moi car il avait ri pour chasser mon trouble

j'ai failli dire tout ça et puis j'ai pensé que peut-être ce serait un peu fort de café, il avait ri et j'avais acquiescé en riant moi aussi, sans doute un peu fort de café en effet avais-je répondu involontairement soulagé, mais soulagé de quoi, heureux qu'ait été préservé quoi de si important

j'avais mieux regardé Franz et j'avais senti qu'à son rire se mêlait de la tristesse

le regret de ne pas l'avoir fait

j'ai failli dire tout ça et puis je me suis tu, avait répété Franz et j'avais compris que c'était aussi pour cela qu'il me parlait à présent, pour briser devant moi au moins le silence qu'il n'avait pas rompu tout à l'heure devant les autres, pour faire à M. dans cette pièce au moins la place qu'il n'avait pas eu le cran de réclamer pour lui deux heures plus tôt au cimetière en tout cas maintenant tu sais, m'avait-il glissé dans le mouvement qui commençait à se faire parmi les invités, on nous appelait dehors pour une promenade vespérale à présent et chacun dans le salon s'affairait à retrouver un vêtement, un sac, à desservir les derniers plats au milieu desquels ne trônaient plus qu'un ou deux petits fours orphelins

tu pourras même aller le voir si tu veux m'avait dit Franz en serrant un peu mon bras comme pour me dire qu'il était content que nous ayons parlé, M. habite une petite ville au bord du lac de Constance à la frontière de la Suisse et de l'Allemagne, avait-il continué, vit toujours plus ou moins à l'endroit où ton grand-père a autrefois connu sa mère, l'endroit où tous les deux en fin de compte l'ont conçu, c'était juste après la guerre, ton grand-père faisait partie des forces françaises d'occupation en Allemagne et c'est là qu'ils se sont rencontrés, cela débité d'une traite devant moi qui savais à peine que Malusci avait autrefois été soldat, savais encore moins qu'il avait fait partie des troupes passées de l'autre côté du Rhin à la fin de la guerre

allez si on veut profiter des derniers rayons de soleil c'est maintenant avait appelé la voix de Julie déjà dehors sur la terrasse

allez allez la balade avant que la nuit tombe c'est tout de suite dehors l'air fraîchissait imperceptiblement, un très léger vent soufflait, berçant les branches des oliviers qui bordaient la terrasse

c'est facile dix heures de route à peine m'avait-il encore dit avant de répondre à Julie qui l'appelait sur la terrasse

Simon tu me donnes un coup de main avait demandé Jeanne ma cousine pianiste affairée à aider Imma à se relever du canapé et à marcher jusque sur la terrasse, j'étais venu soutenir moi aussi Imma et tous les trois nous avions commencé de traverser le salon, le petit corps d'Imma serré contre le mien, ses grands yeux bleus tendus vers la porte à atteindre, impressionnants de calme, de paix, de lumière, même en ce jour funeste

je t'ai vu qui parlais avec Franz, m'avait doucement dit Imma et j'avais senti contre mon flanc la chaleur presque centenaire de son corps à qui la moitié d'entre nous devions directement ou indirectement la vie

je vous ai vus qui parliez parliez aviez l'air tellement absorbés par je ne sais quoi de passionnant que vous vous racontiez, m'avait dit Imma et je n'avais pu m'empêcher de penser qu'elle avait tout entendu, tout deviné, il m'avait semblé voir le fameux lac d'autrefois enserré de montagnes comme un œil, voir Malusci et l'Allemande serrés l'un contre l'autre là-bas au bord de l'eau, Malusci et l'Allemande amoureux sept décennies plus tôt

j'avais voulu répondre sans mentir à Imma, lui dire que c'était vrai, maintenant je savais

oui on a beaucoup parlé m'étais-je contenté de dire d'une voix tranquille, et sans rien ajouter j'étais resté à regarder la main d'Imma posée sur mon bras, sa main veinée de bleu marbrée de taches claires que j'avais vue cent fois courir sur les touches du piano, déliée, agile, preste, fabuleusement mobile malgré l'âge, jouant Ravel Debussy Fauré

nous étions arrivés tous les trois sur le pas de la porte et Imma avait reçu les ovations habituelles

bientôt centenaire et une santé de jeune fille est-ce que tu mesures seulement ta chance

à ton âge pareille énergie est-ce que tu sais combien voudraient pouvoir en dire autant

au-dessus de la terrasse le ciel était clair, le feuillage des oliviers se découpait dans l'air du soir

tu devrais te couvrir un peu maman prends au moins ce foulard avait dit Julie et sans rien dire Imma s'était laissé envelopper le cou du morceau de tissu léger

Franz avait ouvert le portillon qui donnait sur la rue et tous nous étions sortis, nous étions mis à marcher sur le trottoir le long des voitures garées, avions doublé la berline de marque allemande rapportée par Franz du pays des automobiles robustes et sûres, la famille au complet rassemblée autour d'Imma vouée à aller et venir désormais seule entre les murs de chez elle, la famille au complet de sortie pour quelques minutes dans l'air du soir, allant au pas de l'arrière-grand-mère, à son pas lent, appliqué, têtu, qui avait le mérite de laisser à tout le monde le temps de bavarder, les enfants seuls courant en tête, s'époumonant dans la pente à grands cris que plus personne à présent ne songeait à réfréner, la tristesse de l'enterrement lavée, la famille amputée mais sauve, une fois encore survécue, réparée, repartie déjà dans les derniers rayons de la fin de journée.

2

Ce soir-là je suis rentré tard. J'ai roulé sans cesser de penser à M., au destin de M., à la présence dans ma vie désormais de ce M. distant d'à peine dix heures de route.

Je me suis garé devant la petite maison, juste sous la fenêtre de la chambre de Tom, mon fils aîné, j'ai machinalement levé les yeux dans l'espoir d'y voir encore de la lumière, me suis d'avance réjoui des découvertes que j'allais pouvoir raconter. Et puis j'ai vu les volets fermés, le rez-de-chaussée éteint. Je me suis rappelé que la maison était déserte. C'était en principe ma semaine, mais d'un commun accord A. était repartie avec les garçons après l'office en fin de matinée, sans attendre l'inhumation au cimetière, que nous avions préféré leur épargner.

Je te les garde ce soir, avait proposé A. pour me rendre service. C'est facile je suis chez Florence, ils verront leurs copains, ça leur changera les idées, tout le monde sera ravi.

Maintenant je sentais le vide que leur absence creusait en moi. La tristesse que ni elle ni eux ne soient là. La pensée de leurs chambres vides là-haut. De leurs lits vides. L'absence de leurs corps chauds contre lesquels me blottir. De leurs joues chaudes à embrasser dans le noir pour leur souhaiter bonne nuit.

Nous avions décidé de nous séparer un mois plus tôt. Depuis, chaque semaine, nous alternions. L'un de nous deux restait à la maison avec les enfants. L'autre se débrouillait comme il pouvait, allait à Paris où le travail nous appelait souvent l'un et l'autre, ou chez des amis, ou en profitait pour s'acquitter d'obligations qu'il avait ailleurs. Ce n'était qu'une solution provisoire, mais pour l'instant cela fonctionnait, les choses s'en trouvaient adoucies, les conséquences de la rupture en partie différées.

J'ai regardé mon téléphone, vu qu'A. avait plusieurs fois cherché à me joindre pendant le trajet. Je l'ai rappelée. Elle a tout de suite répondu, et j'ai senti que cela m'était agréable.

Tu m'as appelé.

Oui je voulais prendre des nouvelles. Savoir si tout s'était bien passé.

Je me suis contenté de répondre oui. J'ai demandé

si les enfants s'étaient bien couchés. Je les ai revus au dernier rang de l'église. Les seuls arrière-petits-enfants à être venus. Je me suis demandé si A. et moi avions bien fait. Si ce n'était pas une bizarrerie de plus de notre part, d'avoir tenu à ce que nos enfants viennent à l'enterrement de leur arrière-grand-père. Les deux gamins étaient restés assis l'un près de l'autre pendant l'office. Je les avais à plusieurs reprises regardés du pupitre où je disais quelques mots d'hommage. J'avais observé leurs petits visages qui m'écoutaient, scrutaient ce père debout près du cercueil d'un aïeul, voyaient son émotion.

On va le mettre dans un trou le grand-père de papa, avait demandé Victor en sortant.

J'avais écouté sans me retourner les questions qu'il posait à A. Guetté chaque mot qu'il disait.

Mais il va devenir quoi une fois qu'il sera dans le trou. Mais pourquoi on ne l'a pas mis dans une boîte plus solide. Pourquoi on n'a pas choisi au moins une boîte en métal pour être sûr que le bois ne pourrisse pas. Et il se passera quoi si le bois finit par pourrir et si le grand-père de papa se retrouve dans la terre.

Je me suis tu. J'ai attendu de voir ce qu'allait dire A. J'ai hésité à parler de M. et de tout le reste. J'ai senti tout ce qui était changé entre elle et moi, déjà. Autrefois à peine rentré je lui aurais raconté. Serais resté des heures à lui rapporter chaque détail de la scène avec Franz, chaque altération de la voix de Franz à mesure que l'émotion l'avait gagné. Maintenant il y avait cette distance. C'était dans ces moments-là, surtout, qu'elle me manquait : j'avais envie de lui parler comme avant, de tout lui dire. Et puis quelque chose en moi s'arrêtait, résistait, ne voulait plus.

Je me suis vu dans la voiture garée depuis dix minutes devant chez nous, au milieu de la rue déserte, à onze heures du soir. Je me suis représenté ma silhouette assise à l'intérieur de l'habitacle de la voiture, au milieu de la nuit noire. La minuscule trouée de lueur que devait faire l'écran de mon téléphone dans l'obscurité. Je me suis senti seul. Seul à un point, merde. Je suis descendu de voiture, j'ai marché jusqu'à la maison. La porte s'est ouverte sur le couloir encombré de trottinettes. J'ai allumé la lumière, regardé l'ampoule projeter ses watts absurdes contre le plafond et les murs. J'ai repensé aux mots de Franz.

Le fils allemand de Malusci.

Ce fils qui continue de vivre là-bas, au bord du lac de Constance.

Je me suis répété pour moi-même ces mots, lac de Constance. J'ai constaté qu'ils m'étaient familiers, que mon esprit s'y accrochait. J'ai eu la certitude que ce n'était pas la première fois que je les entendais associés au nom de Malusci.

Alors d'un coup ça m'est revenu. D'un coup j'ai repensé à l'Allemande du lac de Constance. D'un coup j'ai fait le lien entre elle et M. Je me suis revu dix ans plus tôt en train d'écouter l'ancien ouvrier algérien qui le premier m'avait parlé de cette femme, m'avait dit combien mon grand-père l'avait aimée, m'avait raconté avec quels trémolos dans la voix il continuait de l'évoquer chaque fois, des années et des années après la fin de la guerre, même marié depuis longtemps avec Imma, même installé depuis quinze ans de l'autre côté de la Méditerranée, dans cette ferme d'Oranie où se déroulait désormais leur paisible vie de famille, heureux parents de trois enfants déjà, à au moins deux mille kilomètres au sud des rives du lac où tout avait eu lieu.

Ah l'Allemande du lac de Constance.

Ah si tu avais vu quelle femme c'était.

Si tu avais vu son feu sa fougue si tu avais pu être à ma place comprendre l'effet qu'elle faisait à tous ceux qui la regardaient.

Le vieil Algérien s'appelait Bahi, il avait plus de soixante-dix ans au moment où je lui ai rendu visite près d'Aïn Témouchent, il avait été autrefois ouvrier à la ferme que Malusci était revenu gérer après la guerre, accomplissant son destin d'enfant de colons, se formant sur le tas à la viticulture et à l'entretien des cinq cents hectares de vignes familiales dont la responsabilité désormais lui revenait. C'était à la ferme que Bahi et Malusci s'étaient connus, jeunes alors tous les deux, Malusci pas même trentenaire, Bahi de sept ou huit ans plus jeune encore, Bahi le fils du forgeron de la ferme, à peine un adolescent d'abord, qui peu à peu avait grandi, avait pris l'habitude d'aider Malusci dans ses réparations de tracteurs et de machines, était devenu pour lui quelque chose comme son apprenti, son garçon de confiance, peut-être pas tout à fait son ami puisque l'autorité de l'un ne devait souffrir aucune discussion de l'autre, en tout cas son plus proche compagnon de tous les jours, son plus intime complice.

Et voilà qu'un soir Malusci s'était laissé aller à parler à Bahi de cette femme. Voilà qu'allongés tous deux dans le noir après une fin d'après-midi à se baigner sur l'une des plages de la côte entre Béni-Saf et Mers-el-Kébir, le travail aux vignes terminé, la DS descendue allègrement dans les virages jusqu'au bord de l'eau, le ciel étoilé au-dessus des deux hommes étendus l'un près de l'autre à même le sable, Malusci s'était mis à repenser à cette femme et n'avait pu s'empêcher d'en parler à Bahi. N'avait pu s'empêcher de lui raconter les jours et les nuits avec elle, dans le relâchement des semaines qui avaient suivi l'armistice, lovés elle et lui dans le temps suspendu des semaines d'occupation qui en dépit de leur nom s'étaient révélées fabuleusement inoccupées.

Ah l'Allemande du lac de Constance Bahi si tu avais pu la voir si tu avais pu la connaître voir le miracle que c'était de la regarder marcher simplement marcher.

Racontant comme les jours et les nuits avec cette femme avaient été bons. Quel délice ç'avait été de les passer avec elle, une femme Bahi je te jure je n'en avais jamais connu de pareille, comme si rien qu'à repenser à elle il la revoyait, revivait dans sa chair les heures d'amour avec elle, retournait mentalement dans ses bras, dans la chaleur irremplaçable de son étreinte, de ses cuisses, de tout son corps serré contre le sien. Comme si tout ce temps après encore il en restait béat de bonheur.

Ah l'Allemande du lac de Constance avec une telle émotion que la pensée de cette femme s'était logée dans la tête de Bahi et n'en était plus jamais ressortie, et cinquante ans après lorsque moi le petit-fils de Malusci j'étais venu rendre visite à l'ancien ouvrier de mon grand-père c'était cette histoire-là qu'il avait eu envie de me raconter, c'était la pensée de l'Allemande qui lui était revenue avec une force à laquelle lui non plus n'avait pas pu résister, et à son tour il s'était mis à l'évoquer devant moi d'une voix émue, souriant cinq décennies après encore du vibrato dans la voix de son patron chaque fois que ses pensées retournaient à cette femme, aux nuits avec elle, aux semaines passées à ses côtés au bord de ce lac.

Ah l'Allemande du lac de Constance m'avait seriné Bahi comme si c'était lui qui l'avait connue, lui qui avait passé avec elle ces nuits inoubliables.

Ah la fameuse Allemande du lac si tu avais vu comme ton grand-père en parlait Simon je te jure.

Et le fait était que je l'avais mise dans mon livre.

Je m'en suis souvenu à cet instant, entre les murs de la maison déserte où dix ans s'étaient écoulés depuis mon voyage en Algérie, cette petite maison dont la location nous avait d'abord semblé provisoire puis où avec A. nous avions eu deux enfants, où la vie avait filé, où nous vivions séparés désormais, à tour de rôle.

Je suis allé chercher un exemplaire du livre qui reposait sur une étagère, intouché depuis des années. Je l'ai rouvert, l'ai feuilleté. J'ai rapidement retrouvé le passage en question. Deux pages où elle était là, plein cadre. Deux pages tout entières consacrées à l'Allemande du lac.

Et maintenant je découvrais qu'elle avait eu un enfant de Malusci. Maintenant je comprenais que je n'avais à l'époque éventé qu'une partie du secret, manquant totalement l'autre. Je comprenais que derrière la figure de l'Allemande se dissimulait une autre silhouette, celle de M.

J'ai pensé au film *Blow Up*. À la mythique scène où David Hemmings, en tirant ses photos, s'aperçoit qu'il a par hasard photographié, à l'arrière-plan d'une vue anodine, un meurtre. Je suis comme David Hemmings dans *Blow Up*, j'ai songé exalté, je croyais cadrer seulement l'amour de Malusci et de l'Allemande et sans le savoir je photographiais les prémices de la vie de M. Je suis comme David Hemmings dans *Blow Up* sauf que je n'ai pas surpris la fin d'une vie, j'ai surpris son début.

J'ai repensé aux trémolos dans la voix de Bahi.

Ah l'Allemande du lac de Constance qui pour arriver jusqu'à moi était passée par les récits d'un vieil Algérien rencontré à des milliers de kilomètres de l'Allemagne, deux générations après les faits, au milieu de paysages aussi secs que les rives du lac de Constance devaient être humides et enneigées au cours des semaines où tout avait eu lieu.

Je suis resté stupéfait de la voir là, miraculeusement faufilée jusqu'au milieu des pages de mon propre livre. Je m'en suis voulu de n'avoir à l'époque rien deviné de l'existence de M. De n'avoir vu l'Allemande que comme une amante, la figure absolue de l'amante, sans penser un seul instant à ce que cette histoire avec un soldat ennemi avait dû lui coûter.

Sans deviner que de l'amour avec Malusci était né un M., dont la vie n'avait pas dû être simple, pas plus que celle de sa mère.

J'ai éprouvé de la joie. Une secrète excitation de comprendre qu'à mon insu je m'étais fait l'allié de M. J'ai eu envie de le rencontrer, de lui raconter quel extraordinaire détour avait fait le souvenir de sa mère pour vaincre l'oubli. Comme si l'attraction charnelle de Malusci et de l'Allemande s'était arrangée par tous les moyens pour survivre. Comme si le trop-plein de vie de leur rencontre, non content de lui avoir donné naissance, s'était débrouillé pour continuer d'engendrer des repousses jusque dans la vie des autres, cela sans que ni Malusci ni la femme du lac aient plus rien à faire. Sans qu'ils aient besoin de continuer à être physiquement là, Malusci mort à présent, l'Allemande peut-être encore vivante quelque part là-bas au bord du lac, peut-être disparue depuis longtemps elle aussi. Simplement par la force de leur histoire. Comme une pierre continue de ricocher longtemps après que la main qui l'a lancée est retournée à son immobilité.

3

Tu veux savoir où il habite, a demandé la voix au téléphone.

J'ai deviné un bref instant de confusion à l'autre bout du fil. Entendu des bruits d'eau, dans la chaleur de ce samedi matin d'été. C'était la première fois que j'appelais Franz.

Bien sûr que je peux te donner l'adresse, a dit Franz. Attends je suis en pleine réparation de l'évier du garage, il a ri, et dans son rire je n'ai pas décelé la moindre gêne, pas deviné le moindre embarras.

Attends je suis trempé j'ai le siphon dans une main le téléphone dans l'autre c'est pas idéal.

Il a demandé si j'avais de quoi noter, a commencé à me décrire la petite ville au nord du lac, une minuscule ville à mi-chemin de Meersburg et de Ravensburg, a-t-il dit, Ravensburg la ville des jouets tu connais forcément, les jeux de société quand tu étais petit tu te rappelles, Ravensburger c'est ça les boîtes avec un coin bleu en bas à droite, eh bien de Meersburg tu prends la route de Ravensburg tu roules peut-être dix kilomètres vers le nord et tu y es, une toute petite ville tu verras, et ici Franz a dit le nom de la bourgade en question, un nom allemand que j'ai essayé de répéter sans y parvenir, si tu veux je te retrouverai l'adresse exacte mais c'est très facile, une petite rue sur la droite quand tu arrives dans la ville, tu verras il n'y a qu'à tourner au feu.

Il a proposé qu'on se rappelle au calme pour en parler. Encore mieux, qu'on se voie, il a suggéré, dès qu'on en aura l'un et l'autre le temps, et j'ai répondu oui, je l'ai remercié, tout en pensant qu'avec l'adresse j'en savais déjà bien assez pour continuer d'avancer.

J'ai raccroché en songeant à tout ce qui par ce coup de fil déjà se trouvait changé : l'existence de la maison de M. on ne peut plus concrète désormais. Le nom de sa ville révélé. La route pour l'atteindre précisément décrite.

J'ai rejoint les enfants assis à la table de la cuisine, un jeu de cartes étalé devant eux, allumettes et crayons de couleur répartis en trois tas égaux. Parés à jouer comme presque chaque jour depuis l'anniversaire d'un copain le week-end précédent.

Un poker papa, a réclamé Tom. Un poker vite fait avant qu'on mange.

J'ai soulevé le couvercle pour voir où en était la cuisson des aubergines et des poivrons.

C'est prêt dans cinq minutes on n'aura pas le temps.

Même cinq minutes on a tout préparé regarde t'as plus qu'à t'asseoir.

Je les ai regardés qui distribuaient déjà les cartes.

C'est à toi de parler papa tu mets combien.

Faites-la sans moi celle-là je vais laisser brûler le déjeuner si je joue en même temps.

Dis simplement combien d'allumettes tu mets, a insisté Victor. Bon je décide que t'en mets trois.

Il a pris trois allumettes dans mon tas, les a mises au centre, a poussé trois allumettes de son tas à lui aussi, suivi par Tom qui en a fait autant. Il a distribué le jeu, posé mes cinq cartes sur la table, regardé les siennes.

Papa c'est à toi de parler t'en changes combien.

Je me suis assis, j'ai regardé mon jeu. J'ai vu que j'avais une paire d'as. J'ai cessé de résister.

Allez je veux bien trois cartes.

La veille, pressé d'en finir, j'avais fait monter les enchères. Un crayon, l'équivalent de dix allumettes, avant même d'être servi. Un crayon à nouveau pour demander à changer des cartes. Au début Tom et Victor s'étaient récriés, avaient dit que j'étais fou. Et puis cela avait eu l'effet inverse de ce que j'espérais : une excitation décuplée. Une adrénaline accrue.

Plusieurs fois Victor avait dû faire tapis, et j'avais pensé qu'il était cuit. Mais chaque fois il s'était miraculeusement refait, parvenant toute la soirée à se maintenir au bord du précipice. Maintenant c'était lui le plus déchaîné.

Et trois cartes pour monsieur Simon. À toi de parler papa.

Je rajoute cinq allumettes.

C'est tout, a dit Victor. Moi je rajoute un crayon. Non je rajoute deux crayons.

Je me couche, j'ai dit.

Je me couche aussi, a dit Tom.

Merci, a ri Victor en ramassant toutes les allumettes.

Qu'est-ce que t'avais.

Je te dirai pas.

Qu'est-ce que t'avais vas-y dis, a demandé Tom.

Une paire de dix, il a ri.

Non, a gémi Tom. J'avais une paire de rois. Et toi papa.

Paire d'as.

Nous avons déjeuné, sommes sortis retrouver des amis, avons été voir un film au cinéma. La journée est passée légère, un samedi presque heureux, malgré la nouveauté de cette vie à trois.

Le soir, les enfants endormis, je me suis retrouvé seul dans la maison redevenue silencieuse. J'ai pris une pochette cartonnée, écrit dessus en grandes lettres le prénom de M. Commencé de noter sur des feuilles blanches tout ce qui venait d'arriver. Les révélations de Franz. Le resurgissement de l'Allemande. Je me suis machinalement assis devant mon ordinateur. J'ai tapé les mots « Lac de Constance ». Vu la forme allongée du lac s'afficher sur l'écran. J'ai zoomé sur l'étendue d'eau bleue, me suis promené le long de la rive, côté suisse d'abord, au sud, puis le long des montagnes autrichiennes, à l'est. Je suis remonté le long de la rive allemande, au nord, jusqu'à Meersburg, dont Franz m'avait parlé. J'ai vu la petite route qui de Meersburg remontait jusqu'à Ravensburg, fin ruban qui du lac partait en serpentant à travers champs et forêts.

Des bourgades à mi-chemin entre Meersburg et Ravensburg, il n'y en avait pas trente-six. En quelques secondes je l'ai trouvée, offerte au regard, avec son plan tout simple, ses mille habitants à tout casser, ses cinq ou six rues principales pareilles à des antennes de part et d'autre de la grand-route, quelques kilomètres à peine au nord du lac. C'était bien cette petite ville, c'était bien son nom – je n'aurais pas su l'écrire mais maintenant que je le lisais sur la carte je le reconnaissais sans peine, j'entendais à nouveau Franz le prononcer, sans erreur possible. Un léger zoom avant et j'ai pu voir le détail des rues, scruter les abords du supermarché discount Netto, principale enseigne commerciale du bourg, admirer la régularité des rues d'un quartier pavillonnaire à l'est de la grand-route, d'un autre à l'ouest. J'ai dénombré huit courts de tennis, deux garages automobiles, un magasin d'informatique, un magasin de chaussures, un cabinet médical, une usine d'isolants, une borne de recharge pour véhicules électriques, un mystérieux magasin d'« esthétique automobile », un cabinet de conseil en déclaration fiscale, une seconde enseigne commerciale à prix discount, un terrain de foot flanqué d'un bar ouvert jusqu'à 1 heure du matin, noté 4,5/5 sur un total de 93 avis.

J'ai à tout hasard tapé dans l'annuaire électronique le prénom M. associé au nom de la petite commune. J'ai vu s'afficher cinq ou six repères rouges qui indiquaient les domiciles d'autant de M. éparpillés au gré des rues. En pianotant successivement leurs noms dans un moteur de recherche, en éliminant les M. trop jeunes et les trop vieux, j'ai rapidement resserré la liste autour de deux noms.

J'ai regardé les deux maisons. Un pavillon ouvrier en bord de ruisseau, petite courette à l'arrière, voiture garée devant. Une maison plus cossue, pavillonnaire aussi mais située dans une rue plus proche du centre, jardin sensiblement plus vaste. J'ai tapé l'un des noms sur internet. Trouvé la photo d'un chauffeur de bus le jour de son départ à la retraite, récompensé pour quatre décennies de service irréprochable aux habitants de la ville. Après quarante et un ans de dévouement au service public, le chauffeur M., photographié ici au volant de son bus familier des habitants de la commune, va partir à la retraite, disaient les quelques lignes au bas de l'image publiée dans un journal local.

J'ai essayé de zoomer. J'ai senti mon cœur battre. Le chauffeur de bus était photographié de profil, main gauche sur le volant, main droite sur le levier de vitesse, silhouette ronde, ventre imposant, visage jovial. La photo était mauvaise, mal éclairée, mal reproduite. Cet homme, le fils de Malusci ? L'âge pouvait convenir. L'implantation des cheveux, le front haut, le nez fin, quelque chose de vif dans le regard – c'était possible. Il y avait simplement ce ventre. Un ventre impensable chez Malusci qui jusqu'au bout était resté d'une minceur irréprochable. Mais bien sûr un fils ne pouvait pas être le sosie de son père. Où était-il écrit qu'un père grand et mince ne pouvait pas donner un fils grand et rond.

Je l'ai encore regardé : c'est lui, j'ai pensé. C'est le regard de Malusci. Jusque dans sa bouche il y a du Malusci. J'ai failli appeler Franz pour le remercier de ses indications, lui dire que je m'étais débrouillé, que j'avais retrouvé M. J'ai préféré attendre. Continuer d'avancer seul. Garder mon secret pour moi.

J'ai tapé à tout hasard l'autre nom dans le moteur de recherche, demandé les images associées, n'ai même pas été déçu qu'aucune ne s'affiche, que pouvait bien me faire le second M., que pouvaient bien me faire tous les autres M. du monde, j'avais de toute façon déjà trouvé le bon.

Je l'ai à nouveau regardé, j'ai pris du recul sur l'image, je me suis efforcé de m'habituer à ses traits, à cet air presque débonnaire qui tranchait avec l'austérité de Malusci. Hier encore je ne savais pas que Malusci avait un fils, et maintenant ce fils avait un visage. Ce fils avait un métier. Ce fils avait un nom. Il était le chauffeur de bus M., unanimement aimé des habitants de cette petite ville située à mi-chemin de Meersburg et de Ravensburg.

Sur une autre page, je l'ai découvert membre du club de pêche de la ville. J'ai regardé l'écusson bleu et vert du club, passé en revue plusieurs photos de truites et de brochets triomphalement brandis par des membres du club. J'ai regardé la maison de M. Une petite maison ouvrière, presque en bout d'impasse, à quelques mètres à peine du minuscule cours d'eau qui passait là.

J'ai regardé le portillon qui donnait sur la ruelle déserte. Pensé avec vertige que chaque matin pendant des années M. l'avait poussé pour s'en aller faire son métier de chauffeur de bus. J'ai scruté les ruelles alentour, méthodiquement pensées pour desservir toutes les maisons du lotissement, par rangées de six à chaque embranchement, trois à gauche, trois à droite. Ces ruelles que ses pas foulaient depuis des années, peut-être depuis toujours. J'ai regardé le toit rouge foncé de la maison, le rectangle noir d'un velux découpé dans la toiture. Essayé de me représenter cette chose impensable : que M. était là. Sous ce toit. À l'aplomb exact peut-être de ce velux. Qu'il suffisait que j'aille lui rendre visite.

Je me suis demandé s'il était seul, à cet instant où je pensais à lui. Je me suis demandé ce qu'il savait de Malusci. Ce qu'il pensait de l'amour de sa mère et de ce soldat français reparti sans états d'âme au bout de quelques semaines, son père, qui les avait tranquillement laissés derrière lui, la mère et le fils, contraints de se débrouiller, d'affronter les messes basses, les regards obliques. Je me suis vu en train d'arriver le lendemain devant chez lui, de frapper à sa porte, de lui dire c'est moi, le petit-fils de Malusci, je suis seul aussi maintenant, il faut que j'apprenne, j'ai pensé que peut-être en la matière tu aurais des conseils à me donner.

J'ai pianoté sur l'ordinateur, demandé la durée du trajet jusqu'à cette petite maison, à la lisière de cette petite ville, au bout de cette minuscule impasse. Regardé avec incrédulité la durée qui s'affichait :

9h02. L'heure d'arrivée annoncée, si je décidais de partir sur-le-champ : 8h55. À temps pour le dernier café du matin.

4

Je t'interdis d'aller le voir tu m'entends.

La rincée était venue de tout en haut, d'Imma elle-même, d'ordinaire affectueuse, enjouée – ce midi-là coupante comme une lame.

J'avais eu le malheur de venir lui demander ce qu'elle savait de toute cette histoire. Le malheur de lui demander l'autorisation d'aller rendre visite à M.

Je te l'interdis Simon est-ce que c'est clair.

Imma assise en face de moi à la grande table du salon, obligée par ma faute à moi de s'égosiller à quatre-vingt-quinze ans passés, voix si étranglée de colère qu'une quinte de toux l'avait secouée et qu'elle avait dû se taire plusieurs secondes, manquant s'étouffer, sa petite silhouette tassée par l'âge à deux doigts de suffoquer, moi rempli de honte, effrayé à l'idée qu'elle puisse se trouver mal, faire là maintenant devant moi une attaque, par ma faute.

Près d'un mois était passé depuis l'enterrement et en arrivant je l'avais trouvée assise comme chaque matin désormais à son piano, son grand et beau piano noir de marque allemande sur les touches duquel ses mains parcheminées continuaient malgré l'âge de courir, d'attraper presque toutes les notes, de dessiner les phrases avec toutes les nuances voulues, d'aller chercher tout là-haut un aigu qui à lui seul faisait tenir l'arc de la phrase et compensait le léger trou laissé à la mesure d'avant.

Imma dont la vie avait été vouée à la musique autant qu'à Malusci, à la musique avec Malusci, elle au piano, lui au chant, de cette voix de basse chantante que tous les professeurs du conservatoire avaient tout de suite admirée, lui prédisant un avenir radieux.

J'avais souri, m'étais assis près d'elle, l'avais écoutée qui terminait l'un des morceaux qu'elle savait par cœur, la première Arabesque de Debussy, Rêve d'amour de Liszt, une Valse-Caprice de Fauré.

Des vieilles dames de mon âge qui continuent de jouer comme moi je peux te dire qu'il n'y en a pas beaucoup.

Montrant du doigt la petite machine de sa tête clairsemée de cheveux blancs avec un rire qui disait son émerveillement que tout là-dedans continue de fonctionner si bien.

Et tout par cœur tu te rends compte.
Souriant comme chaque fois qu'elle constatait par contraste le délitement de tel ou tel cousin pourtant de vingt ans plus jeune qu'elle.
Ah oui toi aussi tu l'as vu récemment.
Baissant brusquement la voix pour chuchoter.
Tu as vu ce coup qu'il a pris.
Un de ces coups le pauvre, ça m'a fait de la peine.
Rien à voir avec moi.
Cela dit avec un sérieux soudain qui manquait me faire éclater de rire.
Pourquoi tu ris j'ai de la chance tu sais, le médecin me l'a dit si vous continuez comme ça Imma vous êtes en route pour le siècle.
Imma qui depuis la mort de Malusci se remettait paradoxalement à voyager, venait de passer l'été à rendre visite aux uns et aux autres, à faire des promenades en forêt, à prendre des bains de mer, à visiter des musées, Imma sur les falaises du Cap Corse chez sa fille Catherine, Imma au bord des lacs de Bavière avec Franz et Julie, Imma en balade dans le port de Nice chez Nicolas et Sylvie, Imma comme ressuscitée par la grâce des uns et des autres qui s'étaient mis en quatre pour l'entourer, comme si sa vie enfin se rouvrait — et moi dont la principale contribution à sa nouvelle vie était de venir remuer toute cette histoire vieille de soixante-quinze ans.

JE NE VEUX PLUS QU'ON PARLE DE TOUT ÇA SIMON C'EST DU PASSÉ.

DU PASSÉ EST-CE QUE C'EST CLAIR.

J'avais tenté de la rassurer, de lui promettre que je voulais seulement comprendre, peut-être renouer, que je ne jugeais pas, n'avais de comptes à régler avec personne, à qui aurais-je eu de toute façon la moindre raison d'en vouloir, moi qui étais né tant d'années après.

Elle était restée silencieuse au début, s'était levée du piano, avait tiré une chaise pour s'asseoir en face de moi à la grande table du salon, celle des déjeuners de famille avec Malusci, celle des longs repas du dimanche dont pas un de mémoire d'enfant ni de petit-enfant n'était allé à son terme sans vriller.

Elle avait dit qu'elle n'était pas sûre que ce soit une bonne idée, cela d'une voix glaciale.

Et puis le ton était monté. J'étais resté quasi muet pendant tout le temps qu'avait duré la tempête, tâtant machinalement du pouce le bulgomme sous la toile cirée, le même bulgomme que je tâtais déjà enfant, amusé de son moelleux, de sa souplesse, de sa détente spectaculairement absente des conversations qu'au même moment échangeaient les convives autour de la grande table, le déjeuner toujours à deux doigts de basculer, les adultes sur le qui-vive, s'appliquant moins à manger qu'à surveiller chaque mot qu'ils disaient, à déployer mille efforts pour éviter tout faux pas, parvenir à l'exploit que pour une fois le déjeuner s'achève sans heurt, ce qui hélas n'arrivait jamais, puisque toujours un mot finissait par partir de travers, jugement à l'emporte-pièce généralement émis par Malusci au moment où chacun croyait enfin voir le bout du tunnel, vacherie décochée à l'arrivée du dessert, premier tir qui fatalement déclenchait les hostilités, donnait le top départ du grand défouraillage, à la joie probable de Malusci artificier en chef, Malusci ex-artilleur qui devait avoir conservé des années de guerre la secrète nostalgie de ça, les grandes lessives, les règlements de comptes à O.K. Corral, l'adrénaline des obus tirés de toutes parts, l'effroi du choc suivi pendant des semaines d'innombrables répliques.

Je ne veux plus qu'on salisse la vie de mon mari tu m'entends.

Moi accablé de la voir dans cet état, n'osant plus moufter.

Je veux qu'on laisse mon mari en paix.

Qu'on lui fiche la paix tout simplement la paix est-ce qu'il n'a pas le droit lui aussi de dormir en paix comme n'importe qui.

Venu pour avoir avec elle ce que j'avais imaginé être un moment doux rempli d'émotion de souvenirs je n'avais pas pu articuler un mot, n'avais eu d'autre choix que de rester sur ma chaise à attendre qu'elle ait fini de vider sa colère.

Je l'avais écoutée sans broncher, acquiesçant, m'efforçant de faire le dos rond, parvenant tant bien que mal à encaisser l'orage jusqu'au moment où elle avait proféré cette menace plus solennelle que toutes les précédentes.

Si tu t'obstines je te bannis Simon c'est compris.

Comme si elle avait longtemps cherché l'avertissement le plus impressionnant qu'elle puisse m'adresser.

Je te bannis tu m'entends.

Phrase qui m'avait d'abord laissé aussi impressionné que perplexe.

Je te bannis menace dont jamais je n'avais imaginé que quiconque puisse un jour se servir à mon endroit, soufflée par quel réflexe archaïque, quelle colère ancestrale venue du fond des âges.

Me bannir d'où me bannir de quoi avais-je eu envie de demander.

Je te bannis comme si ce n'était plus elle qui parlait mais une sorte de voix immémoriale, la voix du clan, la voix de la famille, la voix de notre famille à supposer que quelque chose de tel ait jamais existé, avec ce que cela signifiait d'unité, de cohésion, d'entente tant bien que mal maintenue malgré les heurts.

Je te bannis, j'avais entendu Imma dire ce mot et à ma propre surprise le coup avait porté, j'avais senti qu'intérieurement je me recroquevillais, que quelque chose en moi se trouvait atteint, blessé, j'étais resté sans voix, par les fenêtres j'avais regardé la mer au loin, regardé la colline tout entière semée de maisons, les palmiers çà et là les voiliers qui jouaient au loin dans la baie, j'avais regardé ma grand-mère raidie en face de moi, les yeux bleus de ma grand-mère capable encore à son âge de jouer Debussy Ravel Fauré par cœur, je m'étais vu chassé de cette table où j'étais venu mille fois depuis mon enfance, chassé de sous ces lustres dont mille fois pourtant j'avais voulu qu'ils se décrochent.

J'avais dit en vacillant les trois syllabes qu'Imma réclamait depuis le début et qui jusqu'alors m'avaient paru imprononçables : c'est promis.

C'est promis trois syllabes soufflées d'une voix si faible que la première fois elles n'étaient pas arrivées jusqu'aux oreilles d'Imma.

Qu'est-ce que tu dis.

C'est promis j'avais répété plus fort et instantanément j'avais vu le visage d'Imma se détendre, tout de suite elle avait paru soulagée, s'était radoucie, était comme par l'effet d'un charme ou par la brusque dissipation du sortilège qui l'avait jusque-là tenue hors d'elle redevenue la grand-mère que j'avais toujours connue, me demandant si je voulais qu'elle me resserve du thé, retournant au calme qui était presque toujours le sien.

J'avais répété c'est promis et tout de suite je m'étais senti triste, j'avais pensé je suis lâche, j'avais eu honte d'abandonner si vite.

J'avais vu qu'Imma s'essuyait le front, reprenait souffle, affichait exactement le même contentement qu'un fin négociateur qui vient d'emporter un accord inespéré.

J'avais regretté mes mots.

J'avais pensé à M. et m'étais dit moi aussi je renonce.

Au premier obstacle je renonce.

J'étais resté à regarder Imma par-dessus les tasses vides et elle avait dû deviner ce qui se passait en moi, elle avait dû sentir que je regrettais car elle avait dit ces mots tout simples qui à nouveau m'avaient atteint.

Pourquoi tu ne le laisses pas en paix.

Cela dit sans plus la moindre colère à présent, de sa voix la plus calme, non plus comme un reproche mais comme une vraie question, la voix d'une vieille dame qui ne cherchait plus à convaincre, seulement à comprendre.

Pourquoi tu ne t'occupes pas de ta famille de tes enfants qui grandissent.

Imma qui sans rien savoir de ma séparation toute récente d'avec A. avait mis dans le mille.

Pourquoi tu ne lui fiches pas la paix à ton pauvre grand-père maintenant qu'il est mort.

Pourquoi tu tiens tellement à remuer ces choses qui ne font plaisir à personne, ces histoires arrivées à d'autres que toi il y a si longtemps, dont bientôt même les plus lointains acteurs seront morts, morts et enterrés dix fois.

Elle avait répété sa question d'une voix tranquille.

Pourquoi tu ne le laisses pas tout simplement en paix.

Nous avions cessé de parler étions restés sans plus rien dire et j'avais continué d'entendre le dernier mot d'Imma résonner dans la pièce, résonner devant la baie tout entière baignée de soleil, la mer bleu vif, la file de voiles colorées d'une régate s'étirant vers la gauche en direction des îles.

La paix.

Bien sûr la paix.

J'avais pensé que moi aussi j'avais envie de paix, que tout le monde avait envie de paix.

J'avais regardé la mer tranquille baignée de soleil au loin et j'avais songé à l'incroyable puissance de ce mot : la paix.

À sa séduction presque trop facile.

Qui ne désire pas la paix.

Qui n'est pas d'accord pour convenir que la paix est précieuse, que tous ceux qui la troublent sont toujours des importuns, des inconvenants, des fâcheux.

Le problème n'était-il pas plutôt que la paix soit l'autre nom du déni.

L'autre nom de l'effacement pur et simple de vies.

J'étais resté une heure encore avec Imma dans un silence vertigineux à présent, épuisés tous les deux, assis côte à côte dans la lumière de l'après-midi, les plants de tomates en contrebas dans le jardin, la cafetière près de nous sur la table, ne voulant plus rien dire ni l'un ni l'autre qui risque de briser à nouveau ce calme, ne voulant plus rien faire qu'admirer la mer au loin, admirer la glycine enroulée aux ferronneries du balcon où Imma continuait même après toutes ces années de venir s'accouder plusieurs fois par jour.

Obligé de me le demander pour de bon à la fin.

Pourquoi je veux remuer tout ça c'est vrai.

Pourquoi je veux tellement rencontrer ce M.

Qu'ai-je l'impression qu'il me dira.

5

L'été touchait à sa fin à présent. Depuis le mois de juin le soleil cuisait les façades et les toits. Il y avait eu des feux aux portes de la ville. Des feux sur les voies ferrées. Des feux dans les collines environnantes. Tout l'été des feux, des feux, qui avaient mangé des forêts entières de chênes verts et d'oliviers. Comme si chaque brindille alentour était saturée de chaleur, frôlait constamment le point de combustion, n'attendait qu'une étincelle pour flamber.

La rentrée des classes approchait, les vacances tiraient en longueur. Avec A. nous nous croisions le temps d'un après-midi, d'un soir. Le samedi d'avant la rentrée nous avions décidé d'aller comme avant passer la nuit tous les quatre au bord de la mer avec des amis. C'était une des choses que nous avions appris à faire ensemble ces dernières années. Partir camper sur l'une des plages du coin, à laquelle seule une longue piste permettait d'accéder. Passer la nuit là, au bord de l'eau. La plage était animée la journée, des gens venaient s'y baigner jusqu'en fin d'après-midi. Puis les visiteurs s'en allaient les uns après les autres. À la fin nous n'étions plus que deux ou trois groupes à nous partager l'immense langue de sable, à plusieurs centaines de mètres les uns des autres. Nous trouvions du bois flotté, allumions un feu. La nuit tombait. Les enfants s'en allaient courir dans les dunes, jouer à cache-cache sous la lune, espionner les caravanes restées sur le parking. Et jusqu'au matin il n'y avait plus d'autre bruit que le flux et le reflux de la mer, les craquements des braises, les cris des enfants qui de loin en loin resurgissaient de la nuit, revenaient s'asseoir près des flammes, le temps d'avaler une aubergine grillée, de glisser une saucisse dans un bout de pain, repartaient jouer tout là-bas dans les dunes invisibles, à bonne distance de l'îlot de lumière que faisait le campement dans la nuit.

Cette nuit-là nous nous sommes couchés l'un près de l'autre sous la tente, les enfants endormis déjà, leur respiration nettement audible, profonde, familière, d'une douceur qui donnait invariablement envie de se pencher sur leur joue et de les embrasser. Nous nous sommes allongés l'un contre l'autre, chacun dans son duvet, moi tourné en chien de fusil vers le bord de la tente, A. collée dans mon dos, son ventre contre moi. Nous sommes restés sans rien dire d'abord, serrés, proches. Puis A. a dit que c'était une belle soirée. Qu'elle espérait que nous nous aimerions toujours, quoi qu'il arrive. J'ai senti son bras qui se soulevait pour m'envelopper, se poser sur moi, m'enlacer. J'ai pris sa main dans la mienne, l'ai caressée doucement, j'ai dit oui. Que c'était une belle soirée. Que moi aussi j'espérais que nous réussirions ça.

Le lundi de la rentrée Tom est parti au collège avec l'ami qui l'année précédente déjà venait chaque matin le chercher pour faire le trajet avec lui. Puis nous avons accompagné Victor jusqu'à l'école, attendu avec les autres parents que les classes se mettent en rang et s'éloignent vers l'escalier conduisant à l'étage.

Avec A. nous nous étions déjà raconté plusieurs fois l'effet que nous faisait à tous les deux cette situation nouvelle. La difficulté de trouver les mots pour en parler autour de nous sans nous répandre, sans faire semblant non plus. L'impression d'être pareils à deux insectes en pleine mue, dont tout le monde regardait avec gêne la nouvelle peau toute molle, la silhouette amaigrie, les couleurs mochardes, les traits tirés.

Période de merde, nous avions dit en souriant comme nous pouvions.

Ce matin-là, une fois Victor monté avec les autres élèves dans sa salle de classe, nous sommes restés quelques minutes en bas dans la cour, avons pris le temps d'échanger de rapides nouvelles avec les autres parents. J'ai vu qu'A. non plus ne disait rien de notre rupture. J'ai pensé que c'était presque encore une façon d'être ensemble, dans le même embarras, le même vertige. De toute façon la nouvelle devait déjà se savoir. La ville était toute petite et nous-mêmes savions quels couples allaient bien, quels autres au contraire vacillaient. J'ai regardé la petite troupe de parents massés là dans la cour et j'ai été pris d'un élan de compassion, de tendresse. Je nous ai vus, toutes et tous, avec nos fragilités, nos blessures, A. et moi au premier chef. Je nous ai trouvés émouvants. Cabossés de la vie. Amochés mais vaillants. Pigeons lestés de plusieurs volées de plomb mais qui continuaient de se traîner comme ils pouvaient. Les séparés encore frais, yeux rougis, plaies à vif. Les séparés rancuniers, amers, qui le seraient toute la vie. Les promis à la séparation, perpétuellement agacés, tendus, hors d'eux. Les séparés de longue date déjà, apaisés, pleins de sagesse, exquis – les seuls que je regardais avec un peu d'envie.

Les premières semaines d'école sont passées. La nouvelle vie s'est mise en place, dans un relatif équilibre, avec ses alternances, ses repères à réinventer, sa routine qui a peu à peu commencé à se recréer.

Un week-end, j'ai repensé à une balade que j'avais déjà plusieurs fois tentée avec les enfants, en vain, cap sur la montagne des Cordes, colline des environs qu'un propriétaire tenait jalousement grillagée, empêchant l'accès à plusieurs sites préhistoriques de l'âge du Bronze. J'ai proposé qu'on y retourne avec du matériel. J'ai retrouvé une petite caméra achetée deux ou trois ans plus tôt, montré aux enfants comment elle marchait.

Et qui est-ce qui filmera c'est toi, a demandé Victor.

J'ai souri de sentir qu'ils se méfiaient.

Non moi je toucherai pas la caméra, je vous promets. Ni la caméra ni l'appareil photo. Tout ce que je ferai ce sera d'être avec vous.

Nous avons préparé un goûter, jeté dans un sac trois bricoles, une carte, des couteaux, de l'eau, des pommes, les appareils.

Nous sommes montés en voiture, excités tous les trois.

J'ai souri de les sentir d'humeur enjouée.

Les enfants dans la vie ce qu'il faut pour être heureux, c'est des os à ronger.

On n'est pas des chiens papa.

Je vous jure que si mes fils. On est des putains de chiens. On a besoin comme les chiens de choses à faire, de pistes à renifler.

Nous avons ri. Sommes arrivés en vue de la colline. Nous nous sommes garés. Nous avons commencé à en longer la base sous le soleil qui cognait, nous faufilant parmi les taillis, piétinant les herbes, soulevant des vols de sauterelles, des odeurs de thym, de romarin, de fenouil, de mélisse. Nous avons vu des doubles haies de barbelés barrant tous les accès.

J'ai regardé les garçons filmer les grillages, les panneaux Danger ornés de têtes de mort, les panneaux Pièges, les panneaux Attention taureaux. Attention taureaux, tous les cent mètres.

Quel con ce mec, a dit Tom.

Nous avons contourné la colline, tenté d'attaquer la pente par le flanc opposé. En vain. Les deux plus spectaculaires hypogées se trouvaient non loin du sommet, de l'autre côté des barbelés, le plus célèbre baptisé du nom d'Épée de Roland, pour sa forme en croix très allongée. Le troisième était accessible, caché en contrebas de la départementale, à deux pas du flot des voitures. Nous avons longé la voie bitumée jusqu'à l'endroit indiqué, sommes entrés sous un bouquet d'arbres, avons presque immédiatement rencontré l'immense tombeau de pierre affleurant sous nos pieds, enfilade de chambres funéraires aux proportions parfaites, à la fraîcheur miraculeuse. Nous sommes descendus là-dedans en tremblant un peu. Les enfants ont joué à éclairer le fond du tombeau. À se filmer dans l'obscurité du couloir et par les trouées qui d'en bas laissaient entrer la lumière.

Je me suis allongé sur l'immense dalle de pierre pendant que Tom grimpait dans un arbre avec la caméra pour tenter d'avoir tout le tombeau sur un seul plan. Quand les enfants en ont eu assez nous sommes ressortis du bouquet d'arbres, avons retrouvé le cagnard, la route bitumée, le grillage de la propriété privée de l'autre côté, la silhouette de la colline au loin, avec au sommet la statue équestre voulue par le propriétaire mégalomane.

Vous imaginez qu'un type se garde tout ça pour lui seul, a dit Tom.

Venez on y va, a dit Victor. On s'en fout on y va.

Nous avons marché plusieurs minutes en cherchant un défaut dans la clôture, un endroit où des sangliers l'auraient soulevée. Où la rouille l'aurait usée.

Enfin Victor a repéré un pin dont les branches basses passaient par-dessus et s'en allaient mourir de l'autre côté à l'horizontale. Il s'est élancé à l'assaut du tronc, s'est retrouvé en trente secondes à peine au-dessus du sol de la propriété privée. Tom l'a suivi comme il a pu, gêné par ses centimètres supplémentaires, moins prompt que son petit frère à se faufiler entre les ramures. Je suis monté à leur suite, plus laborieusement encore.

Qu'est-ce qu'on fait on saute, a demandé Victor en regardant le tapis d'aiguilles deux mètres au-dessous de lui.

La nuit va tomber, je vous propose qu'on fasse demi-tour, j'ai dit un peu piteux de devoir faire le rabat-joie. De toute façon maintenant le passage est trouvé. La prochaine fois on revient dès le matin, et à nous l'Épée de Roland.

Victor a un peu protesté pour la forme, mais ma prudence n'a pas eu l'air de lui déplaire.

C'est vrai maintenant on connaît le chemin, a dit Tom en faisant déjà marche arrière sur la branche.

En rentrant nous avons déchargé les cartes mémoire sur un ordinateur, ri des vidéos prises pendant l'après-midi. Nous avons créé un dossier nommé Cordes. Très exactement comme j'avais quelques jours plus tôt pris une pochette cartonnée et écrit dessus la lettre M.

Et toutes les images qu'on prendra maintenant on les versera là, j'ai dit aux enfants. Dans notre dossier Cordes.

Je n'ai pas pu m'empêcher de penser à M. Pas pu m'empêcher de l'imaginer seul là-bas, dans sa petite maison pavillonnaire perdue au nord du lac. Je me suis demandé si lui aussi avait des enfants, des petits-enfants. S'ils venaient le voir souvent. J'ai pensé que sur les photos-satellite je pourrais peut-être examiner sa voiture. Repérer si c'était un break familial ou une simple trois-portes.

Cette nuit-là je me suis brusquement réveillé en sueur, au beau milieu d'un cauchemar : dans mon rêve j'arrivais en voiture chez M., tapais à sa porte. La porte s'ouvrait et M. se tenait devant moi, c'était bien le visage du gros chauffeur de bus vu sur internet mais il était saoul, il avait la chemise aux trois quarts déboutonnée, le bouton de son pantalon ouvert, il riait. Il m'accueillait sans la moindre surprise, comme s'il savait depuis le début que j'arriverais à cet instant précis. Il m'ouvrait les bras, me disait viens Simon, viens je suis heureux que tu sois là, et je ne suis pas le seul heureux, regarde. Il m'attirait jusque dans le salon et répétait regarde qui est là, regarde qui j'ai fait venir et qui va s'occuper délicieusement de nous, qui va prendre soin de ta tristesse et te la faire passer dans l'heure tu vas voir haha. Je m'avançais dans le salon et découvrais deux femmes assises à demi nues dans le canapé devant des verres d'alcool, j'avais à peine le temps de les voir qu'une des filles se levait du canapé et venait m'enlacer, se mettait à se frotter contre moi en riant et tu vois Simon on t'attendait répétait M. en riant, *vedi t'aspettavamo* car étrangement dans le rêve M. alternait les phrases en français et d'autres dans la langue de Malusci. Il se marrait, m'offrait une bière, me disait de me détendre, laisse-toi faire Simon allez arrête de t'inquiéter comme ça, laisse-toi porter, détends-toi et profite nom de dieu et comme je résistais toujours à la fille qui m'enlaçait M. finissait par se foutre de moi, mais c'est pas possible t'as quel âge Simon, quand est-ce que t'arrêteras de croire à l'amour et à tous ces enfantillages, quand est-ce que tu comprendras que tout ça c'est des foutaises, des racontars pour gosses jamais sortis de l'enfance, *sogni per bambini mai cresciuti* disait M. dans mon rêve et tant que tu en resteras là tu auras tout faux, continuait de rire M., tu crèveras de tristesse méritée et personne n'y pourra rien, ce sera bien fait, ton malheur c'est toi qui l'auras voulu.

6

La maison se tenait à l'orée de la forêt, à une heure de route. Une grande maison toute simple, murs crépis, volets peints, fraîche l'été, glacée l'hiver. Les parents vivaient là depuis vingt ans. Ils y étaient venus quelques mois seulement avant ma rencontre avec A. Ils nous avaient vus elle et moi nous installer peu à peu ensemble, partir chaque été sac au dos pendant deux mois, entrer dans notre vie d'adultes, aller d'un boulot au suivant. Ils nous avaient vus avoir un enfant, puis un autre, nos deux garçons venir passer là de nombreuses vacances, à jouer avec leurs cousins parmi les arbres, à creuser des pièges à sangliers dans la pente, à hisser des palettes dans les pins, à s'attabler devant le repas préparé par la mère, essoufflés, excités, tellement absorbés dans leurs jeux encore qu'il leur fallait plusieurs minutes avant d'entendre les questions qu'on leur posait. Ils savaient tout de ma vie et n'en savaient rien, connaissaient A. comme leur fille et malgré tout ne voyaient de nos rapports que ce qui en filtrait les fois où nous venions, les attentions plus ou moins nombreuses entre nous, la fatigue plus grande certains jours que d'autres, l'agacement de l'un ou de l'autre qui sourdait plus vite que d'ordinaire à la première contrariété.

Souvent la mère nous appelait mes chéris.

Mes chéris n'oubliez pas de prendre les clés.

Mes chéris je vous ai fait un hachis parmentier, je vous ai préparé pour le retour un tupperware avec du riz cantonais que les enfants adorent.

Je suis descendu de voiture dans la nuit déjà tombée, j'ai vu les deux silhouettes surgir de la maison, comme si elles me guettaient, marcher à ma rencontre dans l'obscurité avant que j'aie fini de me garer. Le père et la mère m'ont serré plus longtemps que d'habitude dans leurs bras, d'une étreinte un peu fébrile, inquiète.

Allez viens vite le repas est prêt. Lasagnes à l'aubergine de ta mère. Et tarte tatin de ton père au dessert.

Les lumières de la maison éclairaient doucement la nuit en contrebas.

Tarte tatin de mon père, la classe, j'ai ri.

La première de ma vie, a dit le père.

Peut-être pas tout à fait assez caramélisée, a dit la mère, mais on va voir.

Nous sommes rentrés tous les trois nous réchauffer dans le salon. Avons bu le vin d'orange de la mère. Mangé les olives mises à tremper dans la saumure par le père, un peu molles cette année, j'ai objecté, pas tout à fait aussi craquantes et vertes que d'habitude, je sais, a répondu le père, c'est pas ma faute ça vient des arbres du voisin, elles sont moins belles cette année, qu'est-ce que j'y peux. J'ai senti qu'ils scrutaient mon visage, examinaient chaque moue joyeuse ou triste que je faisais, évaluaient ma forme. J'avais pensé qu'ils parleraient de M. mais bien sûr c'était ma vie à moi qui les préoccupait.

Raconte comment vont les enfants, a dit la mère. Raconte comment va A. Je l'ai eue au téléphone, j'étais contente de lui parler. Raconte comment tu vas toi.

J'ai un peu résisté au début et puis je me suis mis à parler. À raconter, inépuisablement. Avec une franchise jamais osée avant. C'est à peine si j'ai réussi à m'arrêter deux secondes pour savourer les lasagnes. Enfin mon récit s'est un peu tari, j'ai fini de vider mon sac.

Bon mais moi j'étais surtout venu pour parler de M., j'ai souri. Pour te demander ce que tu savais de lui maman. Te demander pourquoi tu ne m'avais jamais rien dit de tout ça. Jamais parlé ne serait-ce que de son existence.

Le visage de la mère s'est un peu fermé, elle a laissé passer quelques secondes.

Je n'y pensais pas Simon. Franchement j'avais autre chose à penser, c'est tout.

J'ai demandé si elle se rappelait des fois où, dans son enfance, Malusci et Imma avaient fait allusion à l'existence de M. ou de l'Allemande.

Pas que je me souvienne.

Ils ne parlaient jamais d'elle, j'ai insisté. Tu ne sais pas du tout qui était cette femme.

Elle a secoué la tête d'un air désolé.

J'imagine que c'était une de ces filles habituées à graviter autour de la caserne, j'ai dit. Habituées aux cadeaux des soldats, poussées vers eux par la misère, comme on en voit dans les films qui racontent cette époque.

La mère a imperceptiblement relevé la tête.

Ça je ne crois pas.

Pourquoi.

Je ne sais pas. Tu es sûr que ce n'était pas plutôt dans une ferme.

J'ai souri qu'elle parle enfin.

Une ferme, j'ai demandé.

Je ne sais pas pourquoi mais j'ai l'image d'une ferme. D'une famille de paysans qui le logeait.

Ça expliquerait pourquoi M. vit toujours dans l'arrière-pays, à l'écart de Meersburg.

Tu sais où il vit.

J'ai l'adresse exacte. Je sais même chaque détail de sa maison, de sa rue. Je l'ai regardée des dizaines de fois sur Google. Franz m'a dit le nom du village. J'ai trouvé le reste dans l'annuaire.

Pour la première fois j'ai vu poindre un peu de curiosité sur son visage.

Alors.

Alors c'est une toute toute petite maison d'un quartier pavillonnaire. Entre la grand-route et un minuscule cours d'eau. Il y a un vélo dans le jardin. Une voiture garée devant.

Tu vois même le vélo.

Sur ces foutues photos on voit tout. Qu'est-ce que je peux te dire d'autre. Il a été chauffeur de bus.

La mère a eu l'air étonnée.

Chauffeur de bus tu es sûr.

Chauffeur de bus à la retraite. Il est parti il y a quelques années. J'ai trouvé un article qui racontait l'au revoir que lui avaient fait les habitants, après des décennies de loyaux services. J'ai même trouvé une photo que j'ai là, dans mon téléphone, si vous voulez la voir.

J'ai pris mon portable, je la leur ai montrée.

Tu es sûr que c'est lui, a demandé la mère.

Regarde c'est le front de Malusci. Les yeux de Malusci.

Il y a quelque chose je suis d'accord, a dit le père.

La mère a fixé longtemps le visage de l'inconnu. Regardé son sourire. Son air bonhomme, aux antipodes de la sévérité de Malusci. Son improbable embonpoint.

On pourrait faire le voyage ensemble, j'ai dit. Aller le voir tous les deux. Après tout c'est ton frère.

Elle a dit non. Un non catégorique.

J'ai ri, le père aussi. Pas plus étonnés l'un que l'autre. Habitués à voir la mère se cabrer ainsi devant tout ce qui risquait de lui coûter un peu trop d'effusions et de bouleversements.

Il n'en est pas question.

Pourquoi.

Parce que je n'en ai pas la moindre envie Simon.

Mais pourquoi. Tu ne veux pas essayer de me dire pourquoi.

Je n'ai pas envie Simon. Ça ne te suffit pas ça comme raison.

Je l'ai regardée, presque tremblante à présent. Secouée d'un coup d'une émotion qu'elle s'était fait une règle de vie de retenir. Toujours. En toutes circonstances.

Comment te dire Simon. Comment te dire qu'il y a des décennies que j'essaie de m'arracher à toutes ces histoires de mon père. Des décennies que j'essaie de couper. Et toi maintenant tu voudrais que j'aille remuer tout ça.

Elle a dit à nouveau non. Presque rugi non. Le même non que je l'ai toujours vue opposer à tout ce qui avait trait à son enfance et à Malusci.

Tu n'as pas envie de retourner en Algérie voir la ferme où vous habitiez – non.

Tu n'as pas envie de savoir ce qu'est devenue la maison où tu as grandi – non.

Tu n'as pas gardé les cassettes audio sur lesquelles ton père chante Schubert et Wolf tu n'es pas triste qu'il soit mort tu n'aimerais pas parfois réentendre sa voix – non.

Un non en forme de pare-feu, de défense devenue avec le temps comme un réflexe, le moyen systématique de se protéger, de couper court à tout regard rétrospectif, tout regret, toute plainte.

Pouvant me rappeler ces mots qu'elle m'avait dits un après-midi que j'étais venu la voir avec l'idée de lui poser des questions sur ses souvenirs avec ses frères et sœurs, ses souvenirs avec Imma et Malusci.

Simon tu sais quoi au fond je crois que le passé ça ne m'intéresse pas tant que ça.

Installés tous deux à parler depuis une bonne heure déjà, moi comme d'habitude frustré de ses réponses hésitantes, frustré de son refus de se souvenir, tu ne veux pas une seconde faire un effort maman.

Que veux-tu il y a des gens comme toi qui aiment reparler des choses et il y en a d'autres qui veulent avancer regarder devant eux vivre dans le présent.

La mère d'un coup yeux plantés dans les miens, dressée en face de moi, regard imperceptiblement embué derrière ses lunettes, chamboulée de me résister.

Moi je veux vivre dans le présent Simon.

Le père s'est levé pour aller chercher sa tarte tatin. La mère a pris un couteau, commencé de la couper en se plaignant un peu de la pâte.

Aïe aïe aïe je ne sais pas si c'est assez cuit.

C'est parfait, j'ai dit en avalant la première bouchée, me fichant que la pâte soit effectivement un peu molle. C'est la meilleure tarte tatin que j'aie mangée de ma vie, promis juré, j'ai dit en lui souriant.

Dix minutes de plus au four ç'aurait été encore mieux, a insisté la mère, et tous les trois nous avons ri.

Elle m'a demandé si je voulais un café. Je l'ai regardée se lever, marcher jusqu'à la machine, piocher une capsule dans le paquet de recharges achetées par lots de cinquante, déclencher d'une pression du pouce le mugissement du percolateur, revenir s'asseoir en face de moi, déposer la tasse à mon intention sur la table en pin clair récemment achetée en remplacement de celle trop vieille en chêne, usée par trop de générations de convives, marquée de trop de taches de vin et d'entailles de couteaux et d'auréoles de bougies synonymes de vie antérieure.

Une table facile à nettoyer commode simple puisque c'était la recommandation suprême de la mère, il faut vous simplifier la vie mes enfants. Une table simple efficace pratique comme étaient simples efficaces pratiques les grands carreaux gris au sol, les plaques à induction sans aspérité et chaque objet choisi pour meubler cette maison elle-même dessinée de façon à ce que tout y soit simple efficace pratique, l'électroménager robuste, le système de chauffage intégré au parquet, la maison entière moderne, meublée d'objets modernes, de chaises et de fauteuils modernes, d'étagères modernes, de bureaux mêmes modernes, les vieux secrétaires et les commodes de famille depuis longtemps remisés sous les combles ou fourgués au premier vide-grenier du coin.

Je veux vivre dans le présent Simon tu comprends.

La mère et son goût des murs blancs, des grands bacs de douche, des baies vitrées. La mère et son aspirateur sans fil. La mère et sa débroussailleuse, parée chaque printemps à monter à l'assaut du talus pour le ratiboiser, pantalon et haut instantanément repeints en vert chlorophylle, lunettes pailletées de brins d'herbe déchiquetés, exaltée, heureuse, exultant de régler quel différend avec le monde, de passer sur les fourrés quel inépuisable besoin d'araser. La mère qui n'avait jamais voulu voir M., jamais voulu entendre parler de M., jamais voulu se demander si son refus de le rencontrer était légitime ou non, simplement c'était ainsi, cela lui coûtait trop de repenser à tout ça, elle ne voulait repenser à rien et pourquoi aurait-il fallu qu'elle se force. La mère dont l'inclination en tout, toujours, consistait à faire place nette. Des ronces. Des vieux objets. Des blessures. Des souvenirs.

Nous sommes sortis tous les trois prendre l'air sur la terrasse. Le père a allumé une gitane sans filtre comme il en fumait depuis toujours, une chaque soir, jamais plus, une clope qu'il appelait un clope, malgré nos boutades pour lui dire que ça faisait ringard.

Nous sommes restés sans rien dire dans l'obscurité, l'ombre noire des grands pins au-dessus de nous, les aiguilles des branches les plus proches imperceptiblement éclairées par la lumière qui filtrait des baies du salon.

Demain il faudra qu'on te montre la restanque.

Il y avait un mois que j'en entendais parler. Un mois que le père et la mère à soixante-dix ans passés se cassaient les reins à remonter le vieux muret de pierres d'une terrasse en ruine.

On peut te la montrer maintenant à la lampe torche mais demain à la lumière du jour ça aura quand même une autre gueule.

La mère a marché jusqu'à un petit arbre tout proche.

Tu as vu le citronnier que tu m'as offert. Tu as vu s'il est beau. Tu peux demander à ton père je l'arrose tous les jours.

J'ai pensé à leur vie qui depuis vingt ans maintenant se déroulait là, ensemble sur ce bout de terrain qu'ils ne cessaient d'entretenir, y trouvant l'objet d'un affairement permanent, l'aliment d'une vitalité inentamée. J'ai songé aux trois jours de fête qu'ils organisaient chaque printemps, pendant lesquels le jardin entier s'ornait de lampions et de grandes tables. Je les ai revus entourés d'amis, à préparer la fête, le père à brûler les branches coupées accumulées depuis des semaines, la mère à remplir comme au bagne des seaux de cailloux pour les remployer au muret de la restanque.

Le père avait une pièce où il pouvait stocker ce qu'il voulait : son atelier. Là il avait le droit de garder toutes les planches abîmées, tous les vieux boulons et même les bouts de ficelle qu'il pensait un jour réutiliser.

Partout ailleurs la mère ramassait ce qu'elle trouvait, le balançait à la déchetterie.

Ne laisse pas traîner ça sinon ta mère va me le jeter, disait le père chaque fois que j'abandonnais trop en vue une vieille caisse en bois, un jeu de tuteurs usagés, une chaise longue amochée. Planque-moi ça ou ta mère me le met à la benne direct, cela dit avec contrariété et tendresse à la fois, comme si c'était la règle du jeu, comme si ce manège du chat et de la souris avec la mère était de toute façon à tout jamais son lot, son destin, sa joie. Leurs existences à tous les deux devenues au fil du temps inséparables. Solidaires comme j'ai songé ce soir-là que jamais ne le seraient celle d'A. et la mienne, puisque nous avions l'un et l'autre cessé de désirer qu'elles le soient.

Il commence à faire froid, a dit la mère en rajustant le col de son manteau. Allez je vais nous servir une grappa. Le père m'a tendu sa gitane pour que j'en tire les dernières bouffées. Nous sommes restés quelques secondes encore sans rien dire dans la nuit froide. Puis j'ai éteint le brandon rouge dans l'herbe mouillée. Et tous les trois nous sommes rentrés nous mettre au chaud.

7

L'automne s'était installé, et avec l'automne la fin des week-ends à la plage, le froid, ce moment de l'année où la ville se resserrait, les cafés fermaient, les maisons se recroquevillaient, les pierres et les êtres faisaient le dos rond pour passer les trois ou quatre mois d'hiver qu'il faudrait tenir avant le retour des beaux jours.

Aux archives militaires de Vincennes j'ai fait des recherches, retrouvé le journal de marche du régiment dans lequel avait combattu Malusci, le 8e Régiment de Chasseurs d'Afrique, parti d'Oran, débarqué à la mi-août 1944 sur la Côte d'Azur d'où Malusci et les autres s'étaient comme le reste de la Première Armée rués à l'assaut de l'occupant allemand, repoussant la Wehrmacht le long de la vallée du Rhône, puis jusqu'en Alsace, puis à partir du début 1945 de l'autre côté du Rhin, finissant à la veille de l'armistice par atteindre le lac de Constance et les contreforts des Alpes.

J'ai retrouvé des photos prises par un officier du régiment, essayé d'imaginer Malusci parmi les hommes que je voyais posant à dix ou quinze juchés sur la carcasse d'une automitrailleuse adverse mise hors d'état de nuire, à dix ou quinze sur la plate-forme du même tank fétiche caracolant à travers les Vosges, ou fendant les sapinières de la Forêt-Noire, ou bravant les neiges, hommes accolés à leur char toujours, comme si la montagne de métal à côté d'eux était l'indispensable accessoire de toute photo digne de ce nom, comme s'il n'était pas de contact plus désirable que celui du monstre d'acier, pas de refuge plus cher que le ventre de ce dragon devenu au fil du temps quelque chose comme une maison, une grotte, le seul lieu sûr dans le danger permanent des combats, à la fois abri et rocher, nid, amarre, bouée, arche, le vrai siège de la force du peloton. Malusci grandi jusque-là de l'autre côté de la mer, sous le soleil béni d'Algérie, dans la plus parfaite insouciance de l'imminence de la guerre, et qui du jour au lendemain avait dû se trouver précipité sous les tirs d'obus et de mitraillettes, dans le chaos des explosions, des cris, de la peur, de la mort – pensant quoi, encaissant quel mûrissement accéléré de son regard sur la violence du monde.

J'ai recopié des passages du journal qui frappaient mon imagination : le lever du jour sur la baie de Saint-Tropez semée de bateaux au matin du débarquement de Provence ; la frustration des pannes de gasoil retardant la poursuite des Allemands en déroute ; un après-midi de terreur dans une petite forêt des Vosges, à la merci de tireurs allemands perchés dans les arbres ; le franchissement nocturne du Rhin ; l'euphorie des dernières semaines à poursuivre l'ennemi à toute allure désormais, dans la hâte du printemps, la victoire inéluctable, le retour à la vie tout proche.

J'ai retrouvé la position du régiment le jour des vingt ans de Malusci, le 5 décembre 1944, sur les pentes des Vosges, immobilisé en contrebas du col du Hundsruck, forcé d'essuyer pile ce jour-là une des pires contre-offensives allemandes depuis des mois.

Je me suis mis à rêver d'un voyage qui me conduirait jusqu'à M. en suivant l'itinéraire emprunté par Malusci à la fin de la guerre. J'ai punaisé au mur au-dessus de mon bureau des photos de soldats debout dans la neige à la veille de l'armistice. Des images de femmes allemandes accueillant joyeusement l'entrée des Alliés dans la petite ville de Lörrach, quelques kilomètres après avoir passé la frontière, certaines à peines sorties de l'enfance, d'autres plus âgées, l'une d'entre elles pile de l'âge de l'Allemande au moment où Malusci l'avait connue, le visage grave, quelque chose en elle de déterminé, de téméraire – et sans le vouloir c'est ce visage que je me suis mis à imaginer chaque fois que je pensais à l'Allemande désormais, lui prêtant ces cheveux noirs, ces traits fins, ce visage splendide et sombre à la fois, comme animé dès la première seconde du pressentiment de toute la suite.

J'ai laissé le désir de ce voyage croître en moi, me suis réjoui de la diversion que cela m'offrait à la tristesse de la séparation avec A. J'ai attendu que mon impatience grandisse. Attendu que monte en moi, jusqu'à devenir intenable, la hâte de filer vers le lac.

Et puis à l'approche des vacances de Noël j'ai parlé aux enfants, je leur ai raconté l'histoire de Malusci et de l'Allemande du lac, je leur ai parlé de M. Je leur ai montré sa maison sur les vues satellite, je leur ai dit c'est là qu'on va.

Mais tu l'as prévenu, m'a demandé Tom.

Je leur ai dit la vérité : que j'avais réservé une nuit dans une pension, la première que j'avais trouvée, tout près du lac, à quelques kilomètres à peine de l'objectif.

Mais on va aller le voir ou pas.

J'ai dit la vérité : qu'Imma l'interdisait. Qu'on déciderait le moment venu.

En tout cas on va aller repérer où il habite. On va aller admirer le lac. Voir peut-être à quoi ressemble sa maison.

Les enfants ont ri.

En gros on va aller rôder autour de chez lui.

Je me suis marré.

Exactement.

Et on pourra se baigner dans le lac ?

Si de l'eau à 5 degrés ça ne vous fait pas peur.

Pourquoi on n'y va pas plutôt cet été, a demandé Victor. Pourquoi on n'y va pas à un moment où on peut profiter du lac.

C'est très bien que ce soit l'hiver, j'ai souri. À l'époque où Malusci a rencontré l'Allemande aussi il faisait froid.

Nous sommes partis tard, la matinée bien entamée déjà. Pendant des heures d'abord nous avons remonté le Rhône, vu se succéder les arbres des bords de rive, les îlots, les usines, les centrales, fendu sur le ruban de bitume la géographie familière des villes échelonnées le long du fleuve. Puis nous avons quitté les plaines, nous sommes enfoncés vers l'est. La lumière est descendue, des deux côtés des vitres les arbres se sont resserrés. Le vert des sapins s'est fait plus sombre. La nuit est tombée. À un moment nous avons vu se découper au loin dans l'obscurité comme un pic, une dent. La dent a grossi, s'est bientôt dressée devant nous comme un morceau de montagne énorme, formidablement haut et noir, formidablement menaçant, impossible à voir jusqu'en haut de l'intérieur de la voiture, prêt à nous crouler dessus à tout instant. Nous avons doublé les murailles aux blocs cyclopéens, laissé derrière nous l'effrayant château, regardé encore pendant quelques secondes par la vitre arrière son vol d'aigle au haut de l'à-pic.

Nous sommes arrivés à la frontière, avons passé le Rhin comme l'avait passé Malusci en 1944 avec son régiment, dans la nuit déjà tombée. Je me suis arrêté sur le bas-côté pour lire aux enfants les lignes du journal écrites cette nuit-là : *Paysage chaotique de ferraille tordue, de pans de murs écroulés, d'arbres déchiquetés. Paysage lunaire fourmillant d'énormes cratères. Et voici le Rhin, le libre Rhin allemand proclamé inviolable. Et tandis que doucement le pont de bateaux s'enfonce sous le poids de nos lourds engins, le clapotis du fleuve rythme en notre mémoire les vers de Musset : « Nous l'avons eu votre Rhin allemand ! »*

Nous sommes descendus de voiture pour tenter d'apercevoir le fleuve dans la nuit, avons été saisis par le froid, sommes restés une ou deux minutes à regarder ce que nous parvenions à voir du courant, sous la faible lueur qui tombait des piles du pont. Quelques remous aux torsades argentées. Le brillant d'un rocher affleurant à la surface. La masse blanchâtre de deux ou trois paquets de brouillard épars sur l'eau.

Nous sommes retournés dans la chaleur de l'habitacle. Avons repris la route. Les enfants se sont endormis, sonnés par le froid. Vers 23 heures nous sommes arrivés à Meersburg, avons trouvé la pension déjà fermée. J'ai eu beau téléphoner, la ligne a sonné dans le vide. Il nous a fallu nous rabattre sur le seul hôtel encore ouvert, un grand hôtel continental anonyme et hors de prix.

Le lendemain tous les trois nous nous sommes réveillés tard, le jour levé depuis longtemps déjà. Nous sommes sortis de l'hôtel, avons pris la direction de la rive. Par les rues presque désertes nous avons marché cinq minutes, le moment d'apercevoir le lac toujours retardé par de nouveaux rideaux d'immeubles. Enfin le paysage s'est ouvert et il a été là, immense, vaste, la rive d'en face à peine discernable, noyée dans la brume.

Les enfants ont couru jusqu'au bord de l'eau, sont restés à le regarder, fascinés, muets.

C'est le lac qu'on cherchait, a demandé Victor.

C'est ce lac oui.

Les dalles de la promenade luisaient. Il faisait froid, un peu de neige était tombée pendant la nuit. Les enfants l'ont ramassée comme ils pouvaient sur les coins de pelouse où elle tenait encore, en ont fait des poignées de mélasse boueuse dont ils ont tant bien que mal entrepris de se bombarder.

Je suis resté à contempler l'eau paisible, étale, d'un blanc presque irréel sous le ciel gris. L'horizon bouché par le mur du brouillard. Le paysage tout entier assourdi. Le clapotis de l'eau contre la rive étouffé. Les mouettes même silencieuses. J'ai écouté monter d'un point invisible la sirène lointaine d'un ferry. Vu surgir de la brume puis s'y renfoncer le triangle d'un voilier.

J'ai pensé au nom du lac en allemand : Bodensee. Le lac-sol. Le lac-terre. Lac soubassement. Lac fond. J'ai tenté d'apercevoir sur la rive d'en face la mince bande des Alpes qui côté autrichien le bordait, l'enserrait, le remparait. Je me suis rappelé les photos d'archives que j'avais vues, montrant le lac gelé, comme cela arrivait autrefois, certains hivers très rigoureux où la température restait pendant plusieurs mois inférieure à zéro. Sur les images on voyait une foule de curieux en promenade sur la gigantesque patinoire, manteau sombre, chapeau vissé sur le crâne, nombreux comme sur une place de grande ville un jour de marché, gamins chaussés de patins, amoureux en balade, vendeurs de marrons, joueurs de cor des Alpes, groupes de cyclistes. L'air était chargé de brouillard, la visibilité médiocre, le sol sous les pieds des badauds pareil à une banquise sans horizon, sans limite.

Regardez regardez y a un canard, a dit Victor.

T'es con c'est pas un canard, a ri Tom.

C'est quoi alors si c'est pas un canard.

Ben c'est une oie.

J'ai failli m'étrangler.

Mais c'est pas possible vous êtes tous les deux complètement nuls en animaux. Comment ça s'appelle cet oiseau. Beaucoup plus gros qu'une oie. Beaucoup plus beau. Comment ça s'appelle ce grand oiseau tout blanc qui glisse doucement sur l'eau, qu'on trouve dans plein de poèmes plein de tableaux.

Ben un canard.

Non tout blanc avec un très long cou, j'ai ri.

Ben une oie.

Mais non un cygne.

Ils ont rigolé.

Ah ouais un cygne.

Nous sommes restés au bord de l'eau à regarder le cygne glisser sans effort le long de la rive. Je me suis promené, j'ai photographié chaque banc où il me semblait que Malusci et l'Allemande avaient pu s'asseoir autrefois, chaque jetée le long de laquelle ils avaient pu se promener. Les enfants sont arrivés à hauteur d'une petite plage, sont descendus y ramasser des galets, se sont amusés à les faire ricocher sur l'eau.

L'été tout le monde vient là se baigner, faire du pédalo, de la voile, camper, j'ai dit.

Nous avons continué de nous promener pendant une heure ou deux.

Puis enfin nous avons pris la route du nord, cap sur la petite ville depuis des mois repérée sur la carte, à mi-chemin de Meersburg et de Ravensburg.

J'ai fait asseoir Tom à l'avant, l'appareil photo dans les mains, prêt à cadrer.

J'ai eu beau rouler le plus doucement que j'ai pu, en un quart d'heure nous sommes arrivés sur zone, avons doublé le panneau d'entrée dans la commune, pénétré dans l'écheveau de rues mille fois scrutées sur internet. J'ai constaté que je reconnaissais chaque croisement, savais d'avance l'emplacement des deux garages automobiles, la disposition des feux devant le supermarché discount du centre. Vues du ciel, sur internet, les maisons m'avaient frappé par la récurrence de leurs formes, le rouge monotone de leurs toitures, la modestie de leurs jardinets invariablement clos du même portillon donnant sur la rue. Maintenant je découvrais la variété des façades, des volets, des crépis, des arbustes plantés à côté de l'indispensable place de parking. Il y avait les jardins impeccablement tenus, haie taillée au cordeau, portillon repeint de frais. Les façades mochardes, vélos écaillés jetés contre un mur, table de ping-pong avachie, panneau criard ACHTUNG SPIELENDE KINDER.

Nous sommes entrés dans la zone pavillonnaire, avons laissé la grand-route derrière nous pour nous engager dans le méthodique réseau d'allées et d'impasses. Nous avons croisé une mère qui marchait sur le trottoir en sens opposé, un bébé dans une poussette. Elle nous a fixés à travers le pare-brise, a regardé notre plaque d'immatriculation française, l'air de se demander ostensiblement qui nous étions, ce que nous pouvions bien vouloir, à qui.

Puis nous sommes arrivés au coin de l'impasse où vivait M., avons tourné à gauche pour nous y engager. Il n'y avait plus que trois maisons. Celle de M. était la dernière. À quand remontait la dernière fois que les habitants de cette impasse avaient vu passer sous leurs fenêtres une Renault immatriculée dans les Bouches-du-Rhône.

Il m'a semblé déjà entendre ce que diraient les voisins le lendemain à M.

Dis donc M. tu n'attendais pas des Français. Des Français dans une toute petite voiture française, qui avaient l'air de chercher ta maison.

À l'arrière Victor regardait par la vitre, mon téléphone à la main, prêt à photographier lui aussi.

Vous voulez que je filme la rue, il a demandé.

Vas-y.

Victor filme et moi je fais des photos, a dit Tom.

Allez-y tous les deux, j'ai ri. Enregistrez tout ce que vous pouvez, ça pourra jamais faire de mal.

Nous sommes passés au ralenti devant le 23 : désert.

Sommes arrivés devant le 25, la maison de M. : désert aussi.

C'est là, a demandé Tom pour être sûr.

J'ai encore ralenti, roulé jusqu'au bout de l'impasse pour y faire très lentement demi-tour, aussi lentement que j'ai pu, et le temps que je manœuvre les enfants ont bombardé la façade de photos, photographié la porte du garage en bois clair, photographié la pelle à neige et le râteau appuyés contre le mur de l'entrée, le petit banc installé sur le pas de la porte pour prendre l'air, le sapin planté devant la fenêtre et qui devait cruellement la priver de lumière.

Voici la porte que franchit tous les jours M., j'ai pensé. Voici le vélo qu'il enfourche les jours où il fait beau. Voici le sapin qu'il a planté sans songer sans doute qu'un jour il deviendrait grand, prendrait cette place colossale, aveuglerait la fenêtre et presque tout le rez-de-chaussée. Voici le visage qu'a pris année après année son jardinet, la forme qu'il lui a donnée ou qu'il l'a laissé prendre.

J'ai repassé la première, me suis remis à rouler doucement en sens inverse.

Pourquoi tu repars, a dit Victor.

On a fait un premier repérage, on souffle deux secondes avant de revenir, j'ai dit.

Je me suis garé sur le parking du supermarché. Tous les trois nous sommes sortis nous dégourdir les jambes.

Wesh l'angoisse a dit Tom.

T'étais stressé.

Trop.

Nous avons ri. Sommes entrés dans le supermarché. J'ai pris deux ou trois produits dans les rayons, des bières, du chocolat, du fromage sous vide, n'importe quoi pourvu que ça me donne une raison de passer en caisse et de voir bien en face les visages des caissières et des caissiers qui, c'était une certitude, connaissaient M., le voyaient lui aussi poser plusieurs fois par semaine ses achats sur le tapis roulant.

Nous sommes remontés en voiture, avons englouti une tablette de chocolat.

Vous êtes prêts on y retourne.

Je nous ai reconduits avec moins d'hésitation cette fois jusque devant la maison. Nous l'avons photographiée avec plus d'application encore que la première fois.

C'est bon vous l'avez bien eue sous toutes les coutures vous êtes sûrs.

J'en suis à 106 photos je crois que c'est bon, a ri Tom.

Alors une voiture a surgi au coin de l'impasse. Un vieux monospace abîmé, conduit par un homme seul, âgé. Nous l'avons vu rouler vers nous, passer à notre hauteur. J'ai eu le temps de scruter le visage du vieil homme, lunettes de soleil passées de mode, peau hâlée, visage sec. J'ai essayé de me remémorer la photo du chauffeur de bus nouvellement retraité. Essayé de l'imaginer vieilli de dix ou quinze ans, embonpoint disparu. J'ai repensé au visage de Malusci. À ses traits à la fois clairs et durs. À son visage osseux, sévère, son buste droit. À sa solitude.

Tu crois que c'est lui, a demandé Victor.

J'ai entendu la panique dans sa voix.

C'est sûr que c'est lui, j'ai dit. C'est M.

Dans le rétroviseur j'ai regardé le monospace continuer de rouler vers la petite maison. J'ai fait mine de ressortir de l'impasse, roulé jusqu'au premier rond-point, n'ai pu m'empêcher de revenir en arrière.

Non papa qu'est-ce que tu fais, a dit Victor.

Je veux juste voir où s'est garée la voiture. Je veux vérifier que c'est bien la sienne.

Je suis revenu au coin de l'impasse, me suis arrêté à l'angle. J'ai vérifié la place de parking devant le 25 : le monospace y était. Un monospace Volkswagen d'un modèle ancien, qu'aucune usine ne fabriquait plus depuis longtemps. Pare-chocs arrière cuit de soleil. Fixations constellées de rouille.

Qu'est-ce qu'on fait, j'ai demandé. Je vais lui dire qu'on est là. Je vais lui dire que je suis son neveu, que je suis venu avec mes fils. Qu'on a fait toute cette route pour venir le voir.

J'ai réfléchi.

Ou je lui dis simplement qu'on passait par là et que c'était l'occasion.

Les enfants étaient muets. Moi-même je ne parvenais pas à décoller les fesses de mon siège.

Allez j'y vais.

Non, a protesté Tom.

J'en ai pour deux secondes. Restez là au chaud.

Je suis descendu de voiture, j'ai poussé le portillon du 25, frappé à la porte. La porte s'est ouverte, le visage de l'homme au monospace a surgi. De l'intérieur de la voiture les enfants ont dû me voir parler avec lui pendant une minute, puis deux, puis trois. Ils ont dû voir l'homme secouer la tête. Secouer la tête encore et montrer de la main les rues environnantes en souriant d'un air désolé, redire non de la tête.

Je l'ai remercié et suis venu me rasseoir au volant.

C'est pas lui.

T'es sûr.

C'est l'ancien chauffeur de bus mais il a jamais

entendu parler d'aucun Malusci. Jamais failli venir à aucun enterrement dans le Sud de la France. Il me dit qu'il sait très bien qui était son père, un charpentier nommé Gerd, mort il y a dix ans. Je suis désolé monsieur, il m'a dit, vous devez confondre avec un autre M.

J'ai redémarré, me suis remis à rouler vers le lac. Je me suis revu en train d'éplucher les noms des abonnés de la ville.

Je me suis trompé c'est évident. Quel con.

J'ai roulé jusqu'au bord du lac. Les enfants ont sauté, couru à nouveau vers la rive. Je les ai rejoints, me suis assis sur un banc pendant qu'ils jouaient. J'ai regardé la surface du lac, vaste, étale, sans une ride. Le silence du soir sur l'eau. Les montagnes mieux visibles que le matin sur la rive d'en face. Le paysage tout entier rosi dans la fin de journée.

Un promeneur s'est assis sur le banc voisin.

Tom a vu que je le regardais.

Tu crois que c'est lui, il a demandé.

J'ai ri.

Non. Tous les vieux d'une ville ne peuvent quand même pas être M.

Le vieux a sorti de la poche de son manteau un sachet de pain sec. S'est penché au-dessus de l'eau pour jeter des miettes. Les canards ont rappliqué. Puis même le cygne est venu. Bousculant les canards.

Son cou blanc s’allongeant au-dessus de la mêlée pour arracher les meilleurs bouts.

8

Les fêtes sont arrivées et nous avons vécu notre premier Noël séparés. C'est-à-dire que nous l'avons passé ensemble mais pour vingt-quatre heures seulement, en unissant nos efforts pour que le réveillon du 24 et le déjeuner du 25 se déroulent paisiblement, agréablement, dans une joie qui parvienne à rassurer les enfants quant à la possibilité de continuer à vivre parfois des moments joyeux tous les quatre. J'avais pensé que ce serait douloureux, que je détesterais continuer à jouer, fût-ce pour les enfants, cette comédie de la famille unie, soudée, heureuse. Mais nous avons été sincèrement heureux tous les quatre, autour du petit sapin qu'A. et moi avons pour la première fois depuis des années pris sur nous d'installer à nouveau dans le salon – j'avais toujours cru malin de haïr les sapins, toujours pensé que les enfants riaient comme moi de cette haine, mais cet hiver-là je les ai vus ravis de décorer le petit arbre, j'ai senti qu'ils étaient fiers, qu'ils le trouvaient beau.

Le matin du 31 j'ai voulu prendre un train pour la Champagne, rejoindre des amis qui organisaient une fête dans une ancienne ferme. Je me suis retrouvé dans une grande bâtisse, entouré de gens pour beaucoup inconnus. Je n'ai cessé de penser à A. et aux enfants qui réveillonnaient avec les copains de toujours, à la cheminée allumée autour de laquelle tout le monde devait se serrer, aux morceaux de musique sur lesquels nous avions dix fois dansé. Je me suis demandé ce que je foutais là, si loin de ma vie.

Et toi Simon qu'est-ce qu'on te souhaite pour l'année qui arrive.

La question comme un coup de bourdon en pleine figure chaque fois.

Il y avait ceux qui ne savaient pas, auxquels il fallait tout raconter, refaire par le menu le récit des derniers mois. Et puis il y avait ceux qui savaient et qui ne pouvaient s'empêcher de redoubler de gentillesse, de prévenance, d'attentions – ce qui n'était pas moins déprimant.

Fin janvier j'ai accepté d'aller quelques jours dans le Nord de l'Italie, participer à un festival littéraire qui se tenait près du lac de Garde. Encore un lac, j'ai pensé, et je me suis dit que j'en profiterais pour me promener au bord de l'eau, savourer le spectacle des montagnes enneigées, prendre davantage le temps de me reposer que je ne l'avais fait à Meersburg. Pendant trois jours j'ai enchaîné lectures et tables rondes. Le dernier soir, je me suis retrouvé à une rencontre croisée avec un romancier croate, un poète suédois et une dramaturge allemande. Nous avons conversé comme nous avons pu, dans notre meilleur anglais, le Suédois et l'Allemande parfaitement à l'aise, le Croate et moi plus laborieux, un peu ralentis. Les organisateurs nous ont emmenés dîner dans une petite trattoria sur le bord du lac. Le repas a été chaleureux, j'étais assis près du romancier croate qui s'appelait Boris et de la dramaturge allemande qui s'appelait Veronika. J'ai raconté ma rupture récente et moi aussi je suis séparée a dit Veronika, depuis deux ans maintenant alors si t'as des questions n'hésite pas, elle a ri, j'ai plein de questions j'ai dit, je suis complètement paumé est-ce que c'est normal, c'est parfaitement normal a dit Veronika, moi qui adorais autrefois la solitude je ne supporte plus d'être seul est-ce que c'est normal j'ai demandé, c'est parfaitement normal aussi a ri Veronika, tu as des enfants elle a demandé après un temps et j'ai répondu deux, moi trois elle a ri, encore battu tu vois, trois en moins de cinq ans ce qui était très probablement une connerie, en tout cas on n'y a pas survécu, je veux dire mon couple n'y a pas survécu, moi je vais très bien, elle a ri, en tout cas je vais plutôt bien maintenant, il m'a fallu deux ans mais aujourd'hui ça va, elle est redevenue grave et elle a demandé comment les enfants avaient réagi, elle a hoché la tête d'un air de comprendre quand j'ai raconté les pleurs instantanés de l'aîné, la douleur plus rentrée du second, sa colère qui n'a éclaté que le lendemain soir, d'autant plus vive qu'elle avait été contenue vingt-quatre heures, vous êtes des cons, vous êtes des cons je suis désolé y a pas d'autre mot, vous pouviez pas attendre qu'au moins j'aie dix ans, moi maintenant si vous voulez savoir j'ai plus qu'une hâte c'est d'avoir dix-huit ans et de me barrer de cette maison où je sais que la vie sera à jamais pourrie.

Le romancier croate quant à lui n'avait pas d'enfants, il était plus jeune et nous écoutait comme on écoute deux vieillards parler de leur grand âge. Je l'ai vu lorgner du côté du poète suédois assis à quelques places de là d'un air de regretter qu'il soit trop loin, le poète suédois non plus n'avait pas d'enfants, même s'il était le plus vieux des quatre, vous croyez qu'il a quel âge Stefan, nous a demandé le romancier croate et tous les trois nous nous sommes tournés vers le poète suédois pour scruter son visage et tenter de lui donner un âge, le poète suédois s'est demandé ce que nous lui voulions, il a souri en haussant les épaules d'un air de dire quoi qu'est-ce qu'il y a qu'est-ce que vous avez, on disait que tu étais un sublime poète suédois a lancé par-dessus la table Boris, je leur disais qu'à mon avis tu allais sur tes quarante-cinq ans a dit Veronika, quarante-six a claironné le Suédois, la fleur de l'âge a dit Veronika et nous nous sommes penchés par-dessus la table pour trinquer avec lui, *Jiveli* a dit Veronika en se tournant vers Boris, c'est comme ça qu'on dit chez vous n'est-ce pas, *Jiveli*, à la vie, je ne sais pas beaucoup de mots en croate mais celui-là je l'adore, ma mère est polonaise et en polonais on dit simplement *Na zdrowie*, santé, ou alors *Sto lat*, cent ans, on se souhaite de vivre vieux, de conserver la vie, c'est autre chose que vous qui vous souhaitez d'en jouir, l'intensité plutôt que la durée, à la vie mes amis je suis heureuse de vous connaître, merci de cette belle soirée, Veronika a dit ça en trinquant avec enthousiasme et un peu de sa bière est passée par-dessus bord, elle a ri d'un rire irrésistible, j'ai vu que Boris la regardait avec les mêmes yeux émerveillés que moi.

Nous sommes ressortis de la trattoria et dehors la nuit était froide, les pavés luisaient doucement, un léger brouillard montait du lac. Boris a proposé qu'on aille boire un dernier verre tous les quatre, en venant j'ai vu un bar où les gens dansaient, c'est à deux rues d'ici, nous nous sommes mis en marche et en effet le bar était tout proche, les gens à l'intérieur dansaient toujours et nous nous sommes engouffrés d'un coup dans le tourbillon de la musique. La playlist était bonne et nos affaires posées dans un coin nous nous sommes mis sans attendre à danser, le poète suédois avec de grands gestes excessifs et rigolos, Boris avec une élégance qui allait bien à son long corps svelte et souple, Veronika sans rien faire d'autre que se balancer d'un pied sur l'autre, chalouper un peu des épaules, se laisser porter sans plus penser à rien, dans la musique. Cela a duré dix minutes, puis quinze, et à un moment donné Boris et Stefan ont proposé d'aller chercher des bières, ils se sont frayé un chemin jusqu'au bar dans la pièce attenante et Veronika et moi sommes restés seuls, nous nous sommes regardés en continuant de danser, nous nous sommes souri, je me suis approché d'elle et l'ai prise dans mes bras pour danser avec elle, j'ai un peu collé mon bassin au sien pour rire et j'ai vu qu'elle en faisait autant, nous avons pendant quelques secondes mêlé nos jambes pour nous amuser et j'ai eu envie d'elle, nous nous sommes enlacés, j'ai embrassé ses cheveux, embrassé ses tempes, son cou, j'ai senti ses mains dans mes cheveux, elle a ri de mes baisers, me les a rendus, des baisers retenus, à peine les lèvres posées contre la peau, à peine un souffle, mais qui m'ont excité, m'ont donné très fort envie d'être nu avec elle dans un lit, là maintenant tout de suite.

Le bar a fermé et le Suédois a décrété qu'il était hors de question d'aller se coucher sans prolonger au moins encore un peu la soirée, que ça ne pouvait être qu'un début, qu'il comptait sur Veronika plus familière que nous de la ville pour nous sortir de sa manche un dernier rade où continuer jusqu'à l'aube. Tous les quatre nous étions joyeusement ivres à présent, le brouillard monté du lac s'était épaissi et tout en marchant Stefan s'est mis à raconter l'histoire d'un copain qui quelques semaines plus tôt par une nuit de brume pareille à celle-ci revenant du Nord de la Suède s'était retrouvé avec un renne à bord de sa voiture, je vous jure a dit Stefan, un jeune renne trouvé assommé par une autre voiture sur le bord de la route et que le copain avait hissé comme il avait pu dans son coffre, pensant se faire un bon ragoût le lendemain sauf qu'une fois tranquillement au chaud dans son coffre l'animal s'était réveillé, avait commencé de remuer, de taper des bois contre le fond du coffre, de donner des coups de sabots contre la tôle, oh putain avait pensé le pote de Stefan en voyant une première fois dans le rétroviseur se soulever la plate-forme arrière et surgir le haut d'une ramure, oh merde de merde en voyant au deuxième coup de tête la plate-forme voler et le renne tout entier commencer à vouloir s'extraire du coffre, essayer de se faire la malle en passant par-dessus la banquette arrière, se mettre à bramer de panique, bramer comme un perdu en le regardant de ses yeux brillants, mais qu'est-ce que tu racontes t'es complètement pété a dit Veronika en éclatant de rire, je vous jure que c'est vrai a dit Stefan de son air le plus sérieux, mon pote était sur l'autoroute il s'est retrouvé à cent trente à l'heure avec un renne affolé sur la banquette arrière, à cent trente avec un putain de renne plié en deux qui tapait des bois contre les vitres et le plafond de sa Volvo je vous jure, il a continué, racontant comme le copain s'était garé en catastrophe sur la bande d'arrêt d'urgence et avait décampé comme il avait pu, ouvrant les portières pour que l'animal coincé dans l'habitacle parvienne à se tirer comme il pourrait, arrête tes conneries a ri Boris, un putain de renne de cent kilos je vous jure que c'est vrai a répété Stefan dans l'hilarité générale et je me suis empli les poumons de l'air de la nuit, je me suis senti délicieusement ivre, Stefan a fini de raconter comment à force de contorsions le renne avait finalement réussi à rouler jusque par terre, s'était relevé dans la lumière de la loupiote allumée au plafond de la voiture, était resté quelques secondes immobile dans la nuit devant son copain, abasourdi, tremblant, formidablement grand et noble à côté de la Volvo défoncée, avait enfin en trois bonds disparu parmi les fûts bleus des arbres qui bordaient la route, j'ai regardé le poète suédois continuer de jurer à Boris que c'était vrai et j'ai senti que Veronika se serrait contre moi, glissait son bras sous le mien, j'ai eu envie de serrer dans mes bras Stefan qui nous faisait tous les quatre crouler de rire, envie de crier vive les poètes suédois nommés Stefan, j'ai regardé le brouillard qui flottait à mi-hauteur des ruelles désertes, éclairé par les réverbères, tout m'a semblé miraculeux, la brume suspendue, Stefan suspendu, notre joie à tous suspendue, et voyant que Veronika et moi nous tenions bras dessus bras dessous Boris aussi est venu se serrer contre nous, a cherché la main de Veronika, m'a disputé pour rire ses épaules, Veronika a ri sans repousser Boris et je me suis demandé comment tout cela allait finir, je n'ai pas eu envie de réfléchir, j'ai pensé *Jiveli*, à la vie et advienne que pourra.

Bien sûr le bar auquel avait pensé Veronika était fermé et je crois qu'on est bons pour le bar de l'hôtel a dit Stefan, un dernier verre au bar de l'hôtel et au lit allez a dit bravache Veronika, un dernier verre au bar de l'hôtel et on verra bien a surenchéri Stefan en repartant déjà sabre au clair par les ruelles. Mais même le bar de l'hôtel était fermé et cette fois nous sommes restés penauds devant le réceptionniste à nous demander que faire. Le festival nous avait offert une bouteille de vin chacun alors nos bouteilles a dit Stefan, une dernière bouteille ensemble dans l'une des chambres et dodo, idée que tout le monde a eu l'air d'approuver, qui prête sa chambre moi je veux bien donner ma bouteille a dit Stefan, je vous proposerais bien la mienne mais c'est le bazar a dit Boris, pareil a dit Veronika je suis désolée, si vous voulez on monte chez moi, j'ai proposé.

Nous sommes montés et nous nous sommes assis comme nous avons pu entre les murs étroits, trois sur le bord du lit, le quatrième en face sur l'unique chaise. Le poète suédois n'affichait plus la même superbe à présent, peut-être était-il simplement fatigué, en tout cas pour garder une contenance il a ouvert la fenêtre et s'est mis à fumer, Veronika l'a imité pendant que Boris et moi ouvrions la bouteille et servions le vin dans les seuls verres disponibles, deux gobelets en carton pêchés dans ma salle de bains, deux gobelets supplémentaires récupérés dans celle de Boris, à quelques numéros de là. Tous les quatre nous avons à nouveau trinqué et puis la conversation s'est tarie, nous nous sommes sentis écrasés par le silence molletonné de la chambre, n'avons pu nous empêcher de nous demander un peu ce que nous foutions là.

J'ai eu peur que cette ultime prolongation soit de trop et gâche tout. Et puis Boris a commencé à dire qu'il était cinq heures du matin, cinq heures tu m'étonnes qu'on n'ait pas trouvé de bar, il a un peu relancé Stefan sur le renne dans la voiture de son copain mais Stefan n'avait plus envie de parler à présent, amis je crois qu'il est l'heure d'aller reposer mon vieux corps a dit au soulagement général le poète suédois, cinq heures ma carcasse réclame le sommeil, cela dit en riant et pareil je crois que je vais aller m'effondrer dans mon lit a approuvé Boris, et malgré mes protestations de pure forme tous les deux se sont levés, ont attrapé leurs manteaux, ont marché jusqu'à la porte où je leur ai dit au revoir, certain que leur départ marquait la fin de la soirée, m'attendant à ce que Veronika leur emboîte le pas et s'en aille elle aussi, cherchant déjà un moyen de lui signifier que j'espérais son retour en douce, sitôt les deux autres disparus dans leurs chambres respectives. Mais j'ai vu qu'elle aussi leur disait au revoir, faisait comme moi la bise à Stefan, la bise à Boris, les remerciait très exactement comme je le faisais, comme si c'était sa chambre à elle autant que la mienne. J'ai refermé la porte et constaté que je ne rêvais pas, qu'elle était bien toujours là, résolue à persévérer dans son séjour entre ces quatre murs.

Ah bon tu restes, j'ai dit en riant.

Évidemment je reste.

Nous nous sommes déshabillés tout de suite, j'ai

été presque aussitôt en elle, affamés tous les deux, riant de nous avouer que nous n'attendions que ça depuis deux heures. Le matin nous nous sommes dit au revoir et je lui ai demandé si elle voulait que nous échangions un numéro, une adresse mail. Elle a souri et griffonné un mail à la dernière page d'un livre. Mais j'ai compris que je ne la reverrais jamais. Qu'elle trouvait très beau qu'il en soit ainsi, une belle nuit ensemble que chacun emporterait de son côté, sans lendemain.

J'ai repris l'avion l'après-midi même, encore tout habité des souvenirs de la nuit, du goût des baisers de Veronika, de sa bouche, des mouvements de sa langue, des petits coups de langue qu'elle donnait très vite, d'une façon que je n'avais jamais vue, dardés à toute allure, presque comme un jeu, des baisers qui au début m'avaient donné un fou rire et puis qui m'avaient excité comme une drogue, et jusqu'au matin j'en avais redemandé.

J'ai pensé à Malusci. À M. Je me suis dit que je ne connaissais toujours pas l'Allemande du lac de Constance mais que je venais de rencontrer Veronika des Brumes. Que je me rappellerais toujours ses baisers, toujours son bonsoir au poète suédois et au romancier croate pour rester dans ma chambre, toujours son adieu léger et joyeux au moment de disparaître à jamais sur les marches de l'hôtel. Que la nuit avec elle serait à jamais là désormais dans mes pensées, parenthèse sans heurt, fragment de bonheur sans fausse note, suspendue comme nous l'avions été tous les quatre ce soir-là par les ruelles envahies de brouillard.

Au retour d'Italie je suis resté trois jours à Paris, le temps de rendez-vous de travail fixés depuis longtemps. Dans le RER qui me ramenait de l'aéroport j'ai regardé défiler la ville, la lumière m'a frappé par sa transparence, même les terrains vagues et les friches m'ont semblé beaux. Je me suis senti libéré de toute urgence, de toute culpabilité, de toute dette. Je me suis dit je suis libre, je viens de passer un beau moment et demain j'en vivrai d'autres. J'ai presque remercié A. de la décision que nous avions prise. Je me suis senti léger, fort. Comme lavé. Neuf. Avec la vie entière ouverte devant moi.

En sortant du métro j'ai retrouvé le trottoir de toujours, la porte d'immeuble et l'escalier de toujours. L'appartement de toujours, avec les affaires d'A. sur toutes les étagères, puisqu'elle y venait aussi souvent que moi. Les vêtements d'A. mis à sécher sur l'étendoir. Les tablettes de chocolat d'A. choisies pour me plaire à moi aussi. J'ai senti la tristesse me reprendre. La nuit avec Veronika m'a semblé loin. Je me suis senti épuisé, j'ai eu envie d'être seul. Je me suis forcé à faire signe à quelques amis. J'ai retrouvé

François pour un verre du soir, bien décidé à ne pas m'épancher, en vain. Je n'ai pas pu m'empêcher de me remettre à parler, à parler encore et encore. J'ai eu l'impression d'être devenu un type sinistre, avec un gros monstre hirsute dans le sac, que je n'arrivais pas à garder caché plus de cinq minutes. Un type dont le monstre au bout de deux secondes se mettait invariablement à vouloir confisquer l'attention, envahissant tout, prenant toute la place.

J'ai traîné les deux soirs suivants dans les bars, bavardé un bout de soirée avec une bande de Brestois en mission à Paris, un autre avec un joueur de cithare sur le point de devenir père. Je suis resté de longs moments à simplement regarder les groupes se faire et se défaire autour de moi, les tables se garnir puis se vider, les serveurs et les serveuses gérer le flux des clients, des cocktails à préparer, des bières à tirer, des lourdauds comme moi à tolérer, pendus au comptoir. Je me suis vu du dehors et n'ai pu m'empêcher de me juger sévèrement, amarré à mon demi au milieu des silhouettes qui allaient et venaient. J'ai pensé que cela se jouait à peu de chose, demeurer quelqu'un de joyeux, ouvert, sociable, accueillant aux autres, ou n'être plus soudain qu'un malheureux muré dans sa solitude, impuissant à retrouver la joie.

9

Et puis à mon retour chez moi j'ai trouvé une lettre dont j'ai immédiatement reconnu, à son enveloppe, l'expéditeur : mon grand-oncle Louis, frère cadet d'Imma. La longue enveloppe blanche était tamponnée du profil d'Aymé Kunc, compositeur toulousain auquel Louis avait choisi de vouer sa vie, fondant une association Aymé Kunc, bataillant pendant des décennies pour le tirer de l'oubli et faire rejouer sa riche œuvre. J'ai cru que c'était l'habituel coupon de réadhésion à l'association, accompagné du programme des concerts à venir et du rappel des enregistrements disponibles, les deux Quatuors à cordes (1946 et 1948), la Sonate pour violon et piano (1934), le Concerto pour harpe (1910), la Suite symphonique pour deux violoncelles et piano, les Pastorales pour violon et orchestre (1919), la Cantate pour le couronnement de Dante (1921).

À l'intérieur j'ai trouvé une lettre manuscrite.

Cher Simon j'ai entendu dire que tu t'intéressais à la figure de ce pauvre M.

J'ai senti le choc que cela faisait en moi : lire pour la première fois le prénom de M. écrit par quelqu'un d'autre. Voir son existence attestée par un tiers. Entendre parler de lui comme d'un être familier, dont on pouvait très simplement écrire le prénom, donner des nouvelles, un homme pareil à n'importe quel être humain doué d'une existence ordinaire.

Ce pauvre M.

J'ai imaginé Louis appliqué à écrire ces mots. Appliqué à marcher malgré ses quatre-vingt-cinq ans jusqu'à la poste pour me les expédier. Louis et ses sourcils épais, sa voix calme, sa vie d'homme de devoir qui à vingt ans s'était sacrifié pour reprendre la fabrique d'argenterie héritée de son père, n'avait eu d'autre choix que d'être celui qui succède, pendant qu'Imma s'en allait de l'autre côté de la Méditerranée rejoindre Malusci. Louis le cadet dont la vie s'était trouvée d'emblée toute tracée, et tant pis pour son envie d'être musicien, tant pis pour son goût des arts, de l'opéra, de la littérature, de la peinture. La prospère entreprise familiale réclamait qu'on la reprenne et Louis s'en était acquitté, était devenu malgré lui le grand argentier des siens, au sens propre, puisqu'il avait continué de faire ce qu'avant lui son père et ses oncles déjà faisaient, des grands plats à volaille en argent, des soupières en argent, des couverts à poisson en argent, des saucières Louis XV en argent, des couteaux des fourchettes et des cuillères à café en argent qui avaient pendant des décennies continué à remplir les vaisseliers de maisons et d'appartements bourgeois de Toulouse et d'ailleurs, jusqu'à devenir d'année en année plus anachroniques, plus désuets, plus coupés des besoins et des goûts de la vie moderne, plus relégués à un rôle de curiosités des dimanches de fête, prudemment disposés aux grandes occasions par des enfants et petits-enfants qui invariablement s'étonnaient de leur poids, les trouvaient malcommodes, compliqués à laver, aussi pesants et pompeux que les buffets et les ménagères capitonnées d'où il fallait les tirer, aussi irrémédiablement passés que les aïeux auxquels chacun les associait, nécessiteux des mêmes précautions, des mêmes égards heureusement requis deux ou trois fois par an seulement, vieillards au pas fragile, fantômes en sursis, derniers entremetteurs d'un monde obsolète, attachés à une pompe dont nul ne parvenait sincèrement à s'attrister qu'elle disparaisse, pas plus qu'à s'étonner que baissent les ventes de la fabrique qui avait dû se mettre à l'inox, fermer un premier magasin, puis un autre, puis ne plus en garder qu'un seul, à la fin le céder à son tour à un repreneur, caviste puis boutique de prêt-à-porter chic mieux à sa place au milieu de la rue bondée du centre-ville, la porte battante à nouveau poussée plusieurs fois par minute, le local à nouveau plein, les murs bruyants de voix et plus rien nulle part pour rappeler les presque cent ans de glorieuse réussite familiale sinon la singulière hauteur des plafonds, la splendeur des vieux miroirs aux murs, l'éclat du nom fièrement peint en grandes lettres dorées au fronton de l'édifice, FELIX, vidé depuis longtemps de toute signification, réduit pour les passants à un élément décoratif, un signe.

De cet ancien monde Louis m'avait toujours semblé le symbole. Et voici que le même homme m'envoyait cette lettre. Voici que le même homme terminait son courrier par ces mots, dont il fallait bien qu'il ait mesuré la portée : Sache que si tu le veux moi je te parlerai.

La lettre se refermait sur les mêmes formules que d'habitude, Jacqueline et moi nous vous envoyons toute notre affection, de couple à couple toujours, sans que jamais Louis se permette d'aller au-delà, sans que jamais il s'aventure par exemple à dire qu'il nous embrassait, ni A. ni moi ni même nos enfants.

J'ai essayé de les imaginer tous les deux, assis dans le salon de la vieille maison toulousaine où ils vivaient depuis toujours. Je me suis rappelé les dernières fois que je les avais vus, le dévouement de Louis chaque fois que Jacqueline allait mal, le dévouement de Jacqueline chaque fois que la santé de Louis à son tour vacillait. L'intime entrelacement de leurs existences, de chacune de leurs journées, de chacune de leurs heures. J'ai repensé à ce que Louis m'avait raconté de leur mariage, encore étudiants l'un et l'autre, elle protestante, de famille modeste quand celle de Louis était au contraire catholique et fortunée. L'obstination qu'il leur avait fallu pour obtenir qu'on les unisse, malgré l'opposition générale, malgré l'avis du clergé lui-même qui n'avait finalement permis la mésalliance qu'à condition qu'elle fût consacrée dans une minuscule chapelle annexe, loin des regards, en tout petit comité, les jeunes époux mariés par un prêtre qui avait pendant la guerre protégé des Juifs et qui seul de la paroisse s'était offert pour les unir devant Dieu.

Sache que si tu le veux moi je te parlerai : mots d'un homme qui avait lui-même eu à souffrir de l'ordre familial et qui continuait manifestement d'en éprouver la blessure, de la sentir se réveiller en lui chaque fois qu'à nouveau l'anathème tombait sur un malheureux, ne pouvant s'empêcher de voler à son secours, d'accourir l'entourer, le soutenir, de tout faire pour rompre son isolement trop pareil à celui enduré tant d'années plus tôt.

C'était Louis qui m'avait un jour dit l'origine du patronyme devenu le nom de l'entreprise familiale : Félix c'est-à-dire l'heureux, nom de famille donné à la naissance à un gamin abandonné auquel l'assistance publique avait voulu porter chance. Félix nom de baptême du fils d'une blanchisseuse et d'un riche patron qui plutôt que de le reconnaître avait fui. Nom d'un bâtard qui était peu à peu devenu celui de toute une lignée, l'enfant bientôt à son tour père, puis grand-père, puis arrière-grand-père, en l'occurrence de Louis qui continuait donc de porter la marque de l'abandon sur tous ses papiers, cela depuis toujours, à l'école, à l'université, au travail, au tribunal s'il avait dû s'y présenter.

Sache que si tu le veux moi je te parlerai.

10

Je suis descendu du train vers onze heures du matin. J'ai pris mon temps, marché paisiblement dans le soleil, parmi les rues vides, les enfants à l'école, les adultes au travail, les restaurants et les cafés tranquillement affairés à préparer le coup de feu de midi. Je suis arrivé devant la maison où je n'étais plus revenu depuis vingt ans au moins. J'ai souri de tourner la minuscule poignée du portillon, me suis revu en train de le franchir avec mes parents et mes sœurs, gamin encore, râlant d'avance à l'idée de devoir rester poli et me tenir pendant tout le temps que durerait le déjeuner familial.

C'est Jacqueline qui m'a ouvert. Louis a entendu le bruit de nos voix, est venu nous rejoindre. Jacqueline a mis de l'eau à bouillir, demandé des nouvelles d'A. et des enfants.

Ta mère m'a dit que vous vous étiez séparés.

J'ai acquiescé, répondu ce que je répondais en pareil cas pour faire simple : que nous étions tous les deux tristes. Que malheureusement nous n'avions pas réussi à faire autrement. Je me suis préparé à une remarque sur les couples d'aujourd'hui, moins endurants que ceux d'autrefois. Sur l'époque qui usait tout, à toute allure. Mais ni Jacqueline ni Louis n'avaient l'air de penser ça.

Parfois c'est bien aussi de s'avouer que c'est fini, a dit Jacqueline.

J'ai senti qu'ils avançaient avec précaution. Que d'avance les choses dont nous allions parler les remuaient.

À la cuisine l'eau était chaude. Louis est allé remplir la théière, est revenu avec un plateau et trois tasses. J'ai regardé ses mains qui tremblaient imperceptiblement en versant le thé. Regardé les tasses qui se remplissaient de liquide doré cependant que durait son silence, comme s'il hésitait à se lancer, rassemblait ses pensées avant d'entamer son récit. Il a reposé la théière, m'a demandé si je voulais du sucre. Et il a commencé.

Jacqueline et lui couchés depuis longtemps déjà le soir où c'était arrivé, une nuit d'août ou de septembre 1962, la guerre définitivement terminée là-bas de l'autre côté de la Méditerranée, Malusci et Imma revenus en catastrophe s'installer avec leurs trois premiers enfants dans une maison de famille des abords de Toulouse libérée par le père d'Imma et Louis en prévision de ce retour qu'il voyait venir. Jacqueline endormie depuis deux bonnes heures au moins, Louis ensommeillé seulement près d'elle, égaré dans les limbes d'une de ses insomnies coutumières, à ressasser les arriérés de paiement de l'usine quand le téléphone avait tout d'un coup sonné au rez-de-chaussée, la sonnerie métallique montant dans le silence de la nuit, fantastiquement incongrue entre les murs de la maison endormie, la rue au-dehors déserte, le quartier entier immobile, sans un bruit.

Un mauvais pressentiment avait traversé Louis : que quelqu'un avait dû mourir. Un drame arriver. Il s'était levé aussi vite qu'il avait pu, était descendu en robe de chambre, traversant la chambre du bébé venu quelques mois plus tôt parfaire son bonheur avec Jacqueline. Au bout du fil il avait reconnu la voix d'Imma.

Louis est-ce que je peux te demander un service. Est-ce que tu peux me promettre de m'aider sans rien dire, c'est très important.

Elle avait hésité un instant, cherché ses mots.

Louis j'ai besoin que tu prennes la voiture et que tu viennes tout de suite chercher un jeune garçon allemand qui est ici et qu'il faudrait loger pendant quelques jours.

Louis se rappelait très exactement les mots qu'avait employés Imma pour désigner M. : un jeune garçon allemand. Elle avait senti qu'il fallait en dire plus alors elle avait continué.

Louis je suis désolée j'ai besoin que tu viennes récupérer ce garçon qui est là et qui est, comment dire, une erreur de jeunesse de Luciano.

Incapable de dire son prénom. Encore plus incapable de dire ce mot : le fils de Luciano, attendu que de fils il ne pouvait de toute façon y en avoir qu'un, celui qu'ils avaient eu ensemble, leur troisième enfant après les deux filles qui étaient nées d'abord – ce fils que Malusci avait pendant des années attendu, réclamé, à tel point que lorsque Imma l'avait enfin mis au monde il en avait célébré la naissance par une fête restée dans toutes les mémoires, si c'est un garçon je jure devant Dieu que je saurai le remercier avait promis Malusci et son vœu exaucé il avait tenu parole, deux moutons choisis parmi les plus beaux du village qu'il avait fait égorger par une journée de grand soleil avant d'en offrir la viande à tous les habitants.

Un fils Imma tu m'as donné un fils, avec la même joie la même incrédulité que si M. n'existait pas, comptait pour rien, n'était pas lui aussi son fils, né des années avant le second.

Jacqueline stupéfaite lorsque Louis était remonté

dans la chambre et lui avait dit la nouvelle : mais pourquoi ils ne le gardent pas chez eux. Pourquoi il ne l'héberge pas chez lui puisque c'est son fils.

Louis avait enfilé un pantalon, sauté en quatrième vitesse dans sa voiture. Il avait trouvé Imma debout dans la nuit sur le seuil de cette maison perdue sur la rive de la Garonne, à dix bonnes minutes du centre-ville, cette maison où toute la famille Félix avait vécu retirée pendant la guerre, en face de l'île choisie pour abriter la poudrerie et l'aéroport militaire de la Wehrmacht, objectifs stratégiques que les Alliés s'étaient consciencieusement appliqués à bombarder pendant des mois, en même temps que les batteries de la DCA allemande juchées sur les collines avoisinantes, si bien que Louis et ses parents avaient pendant tout ce temps vécu sous les bombes, à tendre l'oreille à chaque piqué d'avion, à trembler à chaque déflagration là-bas de l'autre côté de l'eau, sur l'île en feu. (Et une nuit d'hiver 1944 avait fini par arriver ce qui depuis le début menaçait : une bombe tombée si près que la grange s'en était trouvée pulvérisée, réduite en miettes, le toit de la villa lui-même soufflé, emporté comme une feuille, les poutres et toute la charpente arrachées, le grenier changé en terrasse à ciel ouvert, avec vue sur les étoiles et les traînées lumineuses des tirs échangés, les panaches de flammes et de fumée dressés là-bas du côté des arsenaux, Louis et toute la famille ébahis de ce coup de scalp à la précision chirurgicale, irréelle.)

Cette nuit-là il devait être deux heures du matin lorsqu'il était arrivé aux abords de la villa, avait raconté Louis, deux heures lorsque ses phares avaient balayé la haie d'ifs du portail, balayé la silhouette d'Imma qui presque aussitôt avait marché à sa rencontre pour l'accueillir, l'aider à se garer dans la cour près d'une autre voiture à laquelle Louis n'avait pas prêté attention d'abord, Imma soulagée comme si elle l'attendait depuis des siècles, le fameux garçon près d'elle, aidant lui aussi à ouvrir puis refermer le portail, comme si cela devait accroître ses maigres chances de prolonger là son séjour.

Bonjour monsieur avait dit le gosse du meilleur accent qu'il avait pu et je n'avais pu m'empêcher de scruter son visage, avait raconté Louis, de scruter ses traits, d'y chercher frénétiquement ceux de Malusci, le front haut de Malusci, les yeux vifs de Malusci, la bouche fine délicate un rien pincée de Malusci.

Je te présente M. avait dit Imma, révélant son prénom cette fois.

Je te présente M. qui est venu d'Allemagne sans nous prévenir mais qui bien évidemment ne peut pas rester, que dirait sa mère, c'est ce que j'ai essayé de lui expliquer. Imma ne prononçant toujours pas le mot que j'attendais, avait dit Louis, ne disant pas cette phrase toute simple qui m'aurait paru si naturelle, Louis je te présente M. le fils de Malusci.

Elle m'avait remercié d'être venu si vite, m'avait proposé d'entrer me réchauffer à la cuisine, je t'offre quelque chose de chaud Louis avant que vous repartiez, offre de pure politesse que j'avais de toute façon repoussée – le vrai message glissé par Imma tenant moins à sa proposition d'infusion ou d'eau chaude qu'aux quatre derniers mots qu'elle venait d'énoncer, je l'avais immédiatement compris, avant que vous repartiez dit d'une voix souriante mais dont la douceur avait valeur d'ordre, l'imminence de ce départ posée comme indiscutable, comme s'il allait de soi que ce serait le cas, l'injonction aussi limpide pour moi habitué à lire dans les pensées de ma sœur que si elle m'avait demandé de débarrasser ce gosse du plancher avant cinq minutes.

Ils étaient restés debout tous les trois dans la chaude nuit d'août pendant ce bref instant gravé à jamais dans ma mémoire, avait raconté Louis, le frère la sœur et ce gamin indésiré, indésirable, venu se fourrer là dans nos jambes sans que nous l'ayons voulu. Imma se plaignant doucement dans la nuit, plaignant doucement l'enfant, il demande à voir Luciano il dit qu'il est venu exprès d'Allemagne mais qu'est-ce que j'y peux moi est-ce que c'est moi qui lui ai demandé de venir.

Imma impuissante à parler du gamin autrement qu'à la troisième personne, comme s'il n'était pas là ne comprenait rien n'avait de toute façon pas la moindre chance d'entendre un traître mot de ce qu'elle disait, j'ai essayé de lui expliquer que venu d'Allemagne ou pas ça ne changeait rien, ça n'obligeait pas davantage Luciano à le voir s'il n'en avait pas envie.

Imma haussant les épaules d'un air un peu désolé, qu'est-ce que j'y peux moi s'il refuse de rencontrer son fils – le mot enfin lâché.

Quoi qu'est-ce qu'il y a Louis pourquoi tu me regardes comme ça qu'est-ce que j'ai dit, c'est ce mot de fils c'est ça, écoute il faut bien appeler un chat un chat.

Malusci pendant tout ce temps introuvable, planqué derrière quelle fenêtre entrouverte pour lui permettre d'assister secrètement à toute la scène, caché dans quel placard, bouclé à double tour dans quelle soupente du grenier pour éviter d'avoir à parler au gamin, éviter d'avoir à le prendre dans ses bras, éviter d'avoir à le regarder en face, éviter d'avoir à affronter le spectacle de sa détresse, de son désespéré désir de le rencontrer, lui Malusci, son père, de recevoir de lui un geste de tendresse, une marque de curiosité, ne serait-ce qu'un mot sincère, une vérité qui ensuite l'accompagne et lui procure un minimum de réconfort dans sa vie d'enfant non voulu. Malusci peut-être déchiré, torturé. Tétanisé par quelle terreur d'un bouleversement trop insoutenable de tout son être. Quelle angoisse de voir d'un coup pulvérisées en face de cet enfant toutes les défenses lentement bâties pour parvenir à tourner la page de l'amour d'autrefois pour sa mère, se protéger de l'envie de la revoir.

J'ai failli demander comment le gamin était arrivé là et puis alors seulement j'ai aperçu la deuxième voiture garée dans la cour, avait raconté Louis, j'ai vu la voiture de marque allemande la plaque allemande le lumineux allemand avec marqué Taxi le type endormi derrière le volant et d'un coup j'ai compris par quel moyen de transport l'adolescent était arrivé jusque-là.

En taxi, j'ai dit. Il est venu d'Allemagne en taxi je ne rêve pas.

J'ai vu qu'Imma acquiesçait, avait raconté Louis. Qu'elle était comme moi éberluée, ahurie.

Mille kilomètres que M. avait faits conduit par un chauffeur dont les courses n'allaient probablement jamais d'ordinaire au-delà de Singen ou de Lindau, n'outrepassaient jamais les limites du Bade-Wurtemberg, et qui ce jour-là avait accepté de rouler jusqu'à l'autre bout de la France avec pour seul passager ce gosse pas même pourvu d'un baluchon, ce gamin en bermuda trop court sans un sou sans un vêtement de rechange, sans un mot de français non plus, parti sur quel coup de tête, après quelle dispute avec sa mère, quelle révélation qu'elle lui avait faite précisément ce jour-là peut-être non seulement quant à l'identité exacte de son père mais quant à l'endroit où vivait cet homme bientôt quadragénaire, quant à l'adresse précise qui était la sienne, puisqu'il fallait bien que quelqu'un l'ait donnée au gamin, puisque ce quelqu'un ne pouvait être que sa mère, preuve qu'elle-même continuait donc d'être en contact avec Malusci, assez régulièrement pour savoir moins de deux mois après son retour d'Algérie qu'il vivait là, à ce numéro précis de ce minuscule chemin du bord du fleuve.

(L'Allemande pas un instant oubliée alors, avais-je songé. Pas un instant effacée des pensées de Malusci pendant les quinze années qui avaient suivi sa rencontre avec Imma puis l'installation du jeune couple de l'autre côté de la Méditerranée. Tenue au contraire au courant de chaque naissance, de chaque événement marquant de la vie de la petite famille bien établie désormais dans la ferme isolée au milieu des collines, à plusieurs kilomètres du moindre village, informée au moyen de lettres que Malusci descendait peut-être poster à Oran en même temps qu'il allait y récupérer un nouveau carburateur pour le tracteur ou la moissonneuse, y acheter de nouvelles graines de rosiers, y assister avec Imma à une première d'opéra qui les renvoyait à leur rêves de jeunesse inaccomplis, les foutait en rage de penser qu'ils auraient été autrement meilleurs que le baryton chevrotant et la soprano essoufflée qu'ils venaient d'entendre pendant trois heures, les changeait malgré tout de la vie rude de la ferme, des journées à se casser le dos dans les vignes, à engueuler les ouvriers tire-au-flanc, des soirées en tête-à-tête dans la solitude de la ferme, seuls dans la nuit étoilée, à deux mille kilomètres de Toulouse, à trois mille de Paris et du conservatoire de leur jeunesse, la campagne alentour sans autre bruit que l'aboiement d'un chien errant, la stridulation des grillons tapis de toutes parts dans les champs, le hululement d'une chouette nichée très haut dans les ramures d'un platane de l'allée.)

L'Allemande informée de loin en loin de la poursuite de cette vie de famille paisible. Informée de l'éclatement de la guerre et des heurts de plus en plus fréquents entre colons et maquisards qui avaient forcé Malusci et Imma à abandonner la ferme pour se réfugier jusqu'à nouvel ordre à Oran. Informée quelques mois plus tard à peine de la décision de Malusci de retourner en dépit du bon sens à la ferme, en rase campagne désormais livrée aux massacres les plus impitoyables de part et d'autre, seul avec un contremaître espagnol, comme s'il voulait mourir, n'en pouvait plus de la vie sédentaire à la ville et réclamait sa part de danger, d'adrénaline, je retourne m'occuper de la ferme et tant pis pour ce qui arrivera, une pensée de ce genre qu'il avait dû annoncer un soir à Imma, sa décision de toute façon irrévocable, je retourne à la ferme et tant pis pour ce qui arrivera, phrase qu'il avait dû coucher sur le papier et poster aussi à la mère de M., après quoi il était effectivement retourné vivre sous ce toit devenu entre-temps à son insu le quartier général de l'insurrection pour toute la zone, l'intégralité des ouvriers passés au FLN, les plans d'attaques échafaudés là, en pleine nuit, sous ses fenêtres, à cinquante mètres à tout casser du patron endormi, et lui debout dès l'aube sur ce volcan sans se douter de rien, continuant d'engueuler les uns et les autres sans savoir qu'ils hésitaient à chaque seconde à le liquider, poursuivant pendant près de deux ans son cirque de colon fou à lier, tellement fou qu'il finissait peut-être par en devenir attachant, leur imposer le respect ou en tout cas leur inspirer de la sympathie, un sourire incrédule qui expliquait qu'ils lui laissent la vie sauve, accroché à ses cinq cents hectares de vignes, replié le plus clair de la journée dans la tour cadenassée de barreaux et de serrures, capitaine aveugle d'un navire depuis longtemps soustrait à son commandement, racontant quoi dans ses lettres à l'Allemande, promettant quelles improbables retrouvailles un jour ou l'autre là-bas de l'autre côté du Rhin, posant quelles questions à propos de ce fameux fils dont il devait bien malgré tout se demander ce qu'il devenait.

Et le gamin là-bas au bord du lac allemand qui un jour en avait eu assez de rêver à ce père inconnu, assez de se l'imaginer, de le fantasmer – et apprenant qu'il venait de rentrer de ce côté-ci de la mer il avait décidé d'aller sur-le-champ lui rendre visite, cela par le moyen qui lui avait semblé le plus simple : le taxi d'un chauffeur qu'il voyait tous les soirs rentrer du travail et se garer à quelques maisons de la sienne, le seul chauffeur de taxi du bourg, un homme d'une cinquantaine d'années à la vie paisible, seulement troublée de temps à autre par une course plus longue qu'il lui fallait faire jusqu'à la gare de Villingen ou d'Ulm, ce qui le faisait rentrer à vingt heures au lieu de dix-huit, le reste du temps habitué à la routine des trajets touristiques de Constance à Meersburg, de Meersburg à la petite île de Reichenau, du parc aquatique de Wasserburg à la promenade sur la rive de Langenargen.

Un matin M. était venu le trouver et lui avait raconté toute l'histoire, lui avait exposé son vœu de se faire conduire en France, lui avait demandé son aide puisque cela revenait à ça, chauffeur de taxi me rendrais-tu le service de me conduire jusqu'en France chez mon père que je ne connais pas dont je n'ai jamais même entendu la voix mais qu'enfin je voudrais rencontrer – promettant de le payer avec quel argent, trouvant quelles garanties à lui offrir en échange de cette course de plus de mille kilomètres jusque dans le Sud-Ouest d'un pays étranger.

Le chauffeur s'était laissé émouvoir par l'histoire du gamin, y avait peut-être reconnu un peu de la sienne. Il avait réservé sa réponse jusqu'au soir, attendu d'en parler d'abord avec sa femme, pesé le pour et le contre de cette virée, songé qu'elle lui ferait voir du pays, retrouver peut-être la France où il avait comme Malusci jadis combattu, comme Malusci eu peur, comme Malusci vécu pendant les années de guerre des heures qui avec le recul lui semblaient maintenant parmi les plus intenses de sa vie.

Et quelques jours plus tard ils étaient partis tous les deux, s'étaient retrouvés à rouler ensemble pendant quinze heures à travers champs et forêts, excités, heureux, la berline lancée sans effort à travers l'espace, parlant de quoi, le chauffeur posant quelles questions au gamin, lui prodiguant quels conseils puisés à sa propre expérience de père, tous les deux éprouvant quelle émotion à l'instant où ils avaient franchi le Rhin, contemplé le fleuve avec ses berges sauvages son eau claire ses restaurants de poissons et de friture épanouis dans l'après-midi d'août sur la rive, à demi enfouis sous les saules, bruyants de cris d'enfants, bariolés de panneaux offrant de pêcher la truite et le sandre.

Gamin ça y est on est en France, *Jetzt sind wir in Frankreich.*

Le pays de ton père.

Le cœur du gamin avait dû se serrer, ses yeux se mettre à scruter chaque ligne du relief chaque maison aperçue de l'autre côté de la rambarde d'autoroute. La France attendue rêvée depuis tant d'années avait d'abord pris la forme d'une zone industrielle mocharde, de hangars agricoles miséreux, de champs délavés, pâles, qui s'étaient peu à peu effilochés le long des vitres dans le soir tombant. Le gamin yeux écarquillés heureux même devant le sol ras des champs moissonnés, même devant le spectacle de la ferme la plus boueuse, se répétant combien de fois ces mots, la France pays de mon père, la France pays d'une moitié de moi-même, une moitié de mon sang.

M. âgé de quinze ans à peine filant dans la chaleur de l'été vers Malusci, espérant quoi au juste de ce trajet, sachant quoi de cet homme dont sa mère avait dû lui montrer tout au plus une photo, lui raconter deux ou trois détails inoubliables, qu'il chantait, qu'il adorait l'opéra, que toutes les femmes voulaient l'avoir. Attendant quoi des retrouvailles avec ce père qui pas une seule fois n'avait cherché à le connaître. Regardant défiler les forêts les champs les lacs traversés quinze ans plus tôt par l'autre en sens inverse, comme si quinze ans plus tard le fils retournait en quelque sorte à l'envoyeur : Malusci monté tout là-haut à la fin de la guerre déposer dans le ventre de l'Allemande quelques gouttes de semence qui maintenant lui revenaient sous la forme d'un gamin poussé grandi devenu presque aussi haut que lui et qui en quelques heures redévalait les centaines de kilomètres péniblement franchis autrefois sous le fracas des rafales et des bombes.

Et plus rien à présent que le tranquille ronron d'une berline bavaroise filant à cent à l'heure, plus rien que la glissade sans effort dans la nuit d'été d'un fils qui retournait à l'improviste à son père : M. en route vers Malusci devant lequel il semblait écrit qu'il se tiendrait avant le lendemain, Malusci qu'il allait enfin connaître, Malusci qui dans quelques heures ne serait plus seulement un mirage mais un homme avec un visage bien précis, une expression bien reconnaissable, une physionomie qui plairait ou déplairait à M. mais serait en tout cas celle de son père.

Pris de vertige sans doute au moment où la voiture avait quitté l'autoroute, où le portail flanqué d'ifs était apparu dans les phares, où le chauffeur avait tiré le frein à main s'était tourné vers lui en disant voilà, la villa immobile dans la nuit, le quartier tout entier endormi, les dés jetés maintenant, l'attente sur le point de se dénouer, M. pour quelques secondes encore enveloppé dans le cocon rassurant de la voiture d'où il avait regardé le chauffeur marcher jusqu'au portail et sonner, appuyer sur la sonnette une fois, puis une autre, lorgner sa montre d'un air dépité d'être là à déranger grossièrement des inconnus en pleine nuit, à attendre longtemps que de l'autre côté quelque chose enfin remue, que le portail s'ouvre, que dans les phares se dresse non pas Malusci en robe de chambre comme l'avait imaginé M. mais une petite femme serrée à la va-vite dans un manteau, une femme qui devait donc être l'épouse de Malusci. M. avait vu que le chauffeur lui parlait, essayé d'imaginer les mots qu'il disait pour tenter de lui exposer la situation, Madame il y a ici dans cette voiture venue d'Allemagne l'enfant d'un premier lit de votre mari, quelque chose de ce tonneau mais dans quelle langue, avec quels mots d'anglais rudimentaire ou de français ressouvenu de l'époque de la guerre.

Cela n'avait pas duré plus de quelques secondes en tout cas car M. s'était à son tour extrait de la voiture pour marcher à la rencontre d'Imma, affronter l'instant fatidique qu'il avait lui-même provoqué, Imma debout devant lui comme le réel en personne, qui avait en un quart d'heure à peine fracassé tous ses espoirs, invitant les deux étrangers à garer la voiture dans la cour, leur offrant de venir se désaltérer à la cuisine, servant une poire un whisky au chauffeur rincé pendant qu'elle s'éclipsait pour monter à l'étage informer Malusci du problème qui se posait

ton fils est là en bas Luciano

qu'est-ce que tu dis

ton fils est là tu as bien entendu

Malusci incrédule

quel fils

le fils de l'Allemande évidemment quel autre sinon

il est là il demande à te voir

et Malusci qui avait dû bondir de son lit ou au contraire s'y recroqueviller, s'y renfoncer jusqu'au cou pour n'en plus bouger, demander à Imma de le barricader à double tour dans la chambre et de jeter la clé aux chiottes cependant qu'au rez-de-chaussée M. suspendu à sa réponse attendait de savoir quel coup du sort allait tomber de l'étage et décider de la suite de sa vie, guettant la réapparition d'Imma en haut de l'escalier, espérant plus encore l'apparition de Malusci si les choses prenaient la tournure qu'il espérait, Malusci qui alors surgirait de là-haut comme un dieu, descendrait comme du ciel vers lui

seulement c'était Imma qui était revenue

Imma visage fermé qui lui avait aussitôt transmis ce qu'il fallait bien appeler le verdict

la sentence

Imma la légitime de Malusci, la mère de ses vrais enfants c'est-à-dire des enfants qu'il avait reconnus comme tels, paisiblement endormis tous les trois au même étage que leur père, entre les murs de cette villa où se déroulait donc leur vie, cette maison où Malusci chargeait Imma de dire à M. qu'il ne pouvait rester, la maison de la vraie famille de Malusci, pas celle des bâtards de son espèce puisque cela revenait à le traiter comme tel

Imma remplie de honte qui avait tenté de s'excuser comme elle pouvait auprès du taximan et de M. venus de tout là-bas pour rien

répétant il ne veut pas je suis désolée

il ne veut pas qu'est-ce que j'y peux

cette même phrase dérisoire répétée une demi-heure plus tard dans la cour lorsque Louis était venu à sa demande récupérer le gosse, continuant de parler de Malusci sans le nommer, comme pour le faire plus petit, plus bref le message qu'il la chargeait de transmettre il ne veut pas je suis désolée

cela répété d'un air sincèrement triste

c'est malheureux mais que faire

le gamin regard baissé vers ses chaussures, visage sans une larme sans un signe de colère ni de frustration, la nuit alentour sans un souffle, les grillons même sifflet coupé, la lune seule suspendue au-dessus de leurs têtes dans le ciel, les ifs pareils dans la nuit à d'immenses masses noires toutes proches

et Malusci bouleversé à l'étage qui n'avait pas bougé, était resté là-haut derrière sa fenêtre sans descendre, Malusci qui de peur sans doute de s'effondrer devant le gamin n'avait pu faire autrement que demeurer caché, abandonnant les trois malheureux à leur commun désarroi

Louis forcé de prendre congé d'Imma et de s'en retourner sous son toit avec M. qui à défaut d'avoir vu son vrai père était donc reparti avec lui, désigné par le sort pour lui en tenir lieu pendant quelques jours au moins, Louis qui cette nuit-là avait raccompagné M. jusque dans sa maison, lui avait offert pour le dépanner un de ses pyjamas, une de ses chemises, Louis chez qui M. avait vécu pendant trois jours une vie de famille presque ordinaire, faite de repas pris ensemble, de promenades ensemble, de nuits dans un petit lit de fortune installé à quelques centimètres à peine du bébé de Jacqueline et Louis, les deux gamins côte à côte trois nuits durant, le nourrisson et l'adolescent de quinze ans

je me rappelle un gamin grand dégingandé touchant pas sûr de lui du tout, avait dit Louis qui pour raconter tout cela avait pris son temps, s'était efforcé de garder un ton calme, aussi dégagé d'émotion que possible, immobile dans le petit fauteuil où au moment de nous installer dans le salon je l'avais regardé s'asseoir prudemment, sa tasse de café intouchée devant lui, presque froide à présent, je me rappelle un gosse qui ne parlait jamais haut ne montrait jamais de douleur mais dont l'assentiment à tout cela nous a littéralement bouleversés, les trois jours sont passés sans que ni Jacqueline ni lui ni moi ne nous risquions à reparler de ce qui était arrivé cette nuit-là dans la cour de la maison du bord du fleuve, sans qu'aucun de nous trois ne se risque à prononcer ne serait-ce que le nom de Malusci

trois jours remplis de douceur et d'amour au terme desquels je l'ai d'un commun accord remis dans le train en sens inverse, si bien qu'il est reparti, avait continué Louis, la fameuse erreur de jeunesse de Malusci est repartie, renvoyée à sa mère qui a pensé quoi du récit rapporté par le gamin, pensé quoi de le voir revenir si vite quand elle croyait peut-être lui avoir dit adieu pour des années

trois jours si fort gravés dans la mémoire de Louis

qu'il avait dû retenir son émotion, attendre que le tremblement de sa voix cesse avant de raconter la lettre que Jacqueline et lui avaient une semaine plus tard reçue, écrite dans un français maladroit qui la rendait encore plus belle, une lettre dans laquelle M. nous remerciait joyeusement, avait dit Louis, une lettre dans laquelle il racontait avec humour qu'il mettait tout le temps ma chemise, dormait dans mon pyjama

grâce à vous je me suis senti comme un fils se terminait le bref courrier qui ne disait pas un mot de l'humiliation infligée par Malusci, ne formulait pas une plainte, pas un regret, ne montrait pas un seul signe d'amertume

grâce à vous je me suis senti comme un fils.

11

Cet après-midi-là Jacqueline et Louis avaient une visite à rendre à un ami. Je les ai quittés jusqu'au soir, me suis promené dans les rues de Toulouse. Mes pas m'ont machinalement conduit jusqu'à une vaste librairie où j'avais été des dizaines fois, acheter des dizaines de livres à deux rues de la place du Capitole. Je suis resté longtemps à traîner parmi les rayons sans rien emporter, moi qui d'habitude ne repars jamais sans trois ou quatre livres au moins. Plusieurs fois j'ai failli choisir un roman, et puis au moment de marcher vers la caisse j'ai pensé que je ne le lirais de toute façon pas de sitôt, pas plus que ceux achetés ces derniers mois, qui s'empilaient chez moi sans que je les ouvre.

Avant de rentrer retrouver Jacqueline et Louis j'ai eu envie d'appeler A. Elle était au bureau mais elle a répondu, nous sommes restés un long moment à nous parler. Pendant une heure j'ai fait les cent pas sur la place, téléphone collé contre l'oreille, entouré d'arcades pareilles à celles d'autres places où nous nous étions embrassés, seuls pendant des années d'abord, puis pendant des années ensuite en voyage avec les garçons qui invariablement devant tant d'espace s'égayaient, se poursuivaient, faisaient s'envoler les pigeons à renfort de sprints, finissaient par s'affaler épuisés à même les pavés, bras en croix, face au ciel.

La nuit est doucement tombée, je suis resté encore un moment dans le froid, à regarder fuser très haut dans le ciel puis redescendre en tourbillonnant les petits parachutes lumineux qu'essayait de fourguer aux passants un vendeur ambulant. J'ai revu Victor et Tom catapulter au ciel les mêmes projectiles, rivaliser de lancers, de cris, d'appels à notre attention, d'agacement de nous voir préférer nous enlacer.

Avec Jacqueline et Louis nous avons dîné de bonne heure, simplement, paisiblement, sans reparler de M. ni de la scène qu'avait racontée Louis le matin. Avant d'aller se coucher Jacqueline m'a fait monter à l'étage, a ouvert la porte d'une petite chambre avec un grand lit ancien, un peu bombé au milieu.

C'est là qu'a dormi M. pendant les trois jours où vous l'avez accueilli, j'ai demandé.

C'est dans cette chambre, a dit Jacqueline. Il y avait le berceau de notre fils. Et puis à côté un petit lit qu'on a donné depuis longtemps.

Je suis resté à regarder la chambre, à imaginer le bébé et l'adolescent l'un près de l'autre entre ces mêmes murs, sous ce même plafond. J'ai compté les années écoulées depuis : soixante. Je me suis demandé si M. avait gardé la force de caractère du gamin d'alors, capable de ce voyage en taxi à mille kilomètres de chez lui. S'il avait continué de voyager sa vie durant. Si au contraire la blessure de ce trajet lui avait ôté pour longtemps le goût du risque, et pendant des années ensuite il n'avait plus quitté le bord du lac.

Cette nuit-là j'ai dormi comme une souche. Jacqueline et Louis étaient déjà debout depuis deux bonnes heures quand je me suis levé. Ils ont souri de me voir apparaître, yeux mal dessillés, cheveux encore tout embroussaillés.

Regarde, m'a dit Louis en montrant une petite liasse d'enveloppes et de courriers posés sur la table. J'ai retrouvé ça ce matin, j'étais sûr que c'était quelque part.

Je me suis approché, j'ai commencé d'explorer la pile, ouvert une enveloppe jaunie.

La lettre de M. dont je t'ai parlé.

L'écriture était mal assurée, un peu trop appliquée, avec une ou deux ratures par endroits. J'ai lu la première ligne, Lieber Louis, Liebe Jacqueline. J'ai senti le choc que cela me faisait. Deviner pour la première fois M. presque là, au bout du stylo qui avait écrit ces mots. Percevoir tout ce temps après encore l'émotion qui avait dû être la sienne au moment de rédiger cette lettre. Pouvoir observer le tremblé de son écriture. Sentir sa fragilité derrière la politesse un peu forcée d'adolescent qu'on avait dû habituer depuis son plus jeune âge à se faire discret pour ne pas aggraver son cas.

J'ai retourné l'enveloppe, lu le nom de famille de l'expéditeur : Non pas M. U. comme je l'avais toujours cru, mais M. H.

Ce qui changeait tout. Flanquait par terre toutes mes recherches. Expliquait bien évidemment que le chauffeur de bus à la retraite n'ait jamais entendu parler de Malusci.

Je me suis trompé de nom, j'ai dit. Depuis le début je me trompe. Je fais des recherches mais sur un autre M.

Louis a souri.

Eh bien maintenant tu ne te tromperas plus.

J'ai acquiescé.

Quel con, j'ai ri.

Il y avait deux autres lettres.

Lieber Louis, Liebe Jacqueline.

Cette fois l'écriture était plus ferme. Mon mauvais allemand m'empêchait de bien comprendre, mais Louis m'a traduit les quelques lignes écrites à la hâte, un peu comme on s'acquitte d'une obligation.

Cher Louis chère Jacqueline je vous remercie pour votre inquiétude. M. est toujours bien fatigué, ses maux de tête continuent mais les médecins sont confiants, ils lui recommandent de garder le lit encore un mois ou deux et disent que d'ici peu il ira mieux. Je vous remercie de vos pensées affectueuses. M. en est très touché et vous fait dire qu'il espère vous revoir dès que la vie le permettra. Signé Liselotte H.

L'Allemande.

La fameuse Allemande du lac.

L'autre lettre était d'elle aussi. Elle datait de 1965, trois ans après la première.

Je m'en veux, disait cette fois la première ligne. Je m'en veux de m'être laissée convaincre, d'avoir cru un seul instant que cette idée de Légion pourrait n'être pas si mauvaise. M. va mieux désormais. Il s'habitue à son plâtre. Les médecins ont dit que dans trois semaines il pourrait marcher sans béquilles. L'avantage de ce qui vient de se passer, c'est qu'au moins la question de revoir son père ne se pose plus.

Je suis resté sans rien dire.

Il faut qu'on y aille tu vas rater ton train, a dit Louis. Mais si tu veux je t'accompagne.

Nous sommes sortis dans le froid de février, sommes passés devant une maison cossue, qui avait dû autrefois trôner à l'angle du boulevard, isolée, superbe, fière, et qui aujourd'hui disparaissait parmi les façades de logements modernes, les enseignes de petites épiceries, de supérettes discount et de restaurants bon marché.

Nous avons fait le trajet en marchant doucement, prudemment. Louis m'a tout raconté : l'abattement de M. à son retour de Toulouse, les longs mois qu'il avait mis à s'en remettre. Puis trois ans plus tard la brillante idée que Malusci peut-être sincèrement pris de remords avait tirée de son chapeau pour se rapprocher géographiquement de lui sans avoir à l'accueillir à temps plein, pensant certainement lui offrir un cadre solide, structurant, en même temps qu'une occasion rêvée d'apprendre enfin les rudiments de français qui continuaient de lui faire défaut : l'inscrire à la Légion Étrangère, tout juste déménagée d'Algérie à Aubagne, à quelques heures de route.

Et M. qui à dix-huit ans à peine s'était retrouvé à découvrir la vie de caserne, les heures dans la boue en treillis et rangers, les courses d'endurance dans le froid, les simulations de torture, la perpétuelle gueulante des chefs, les sévices rituels aux bizuts de son espèce, les corvées de chiottes, les bites au cirage, tout cela par la grâce de son père qui en gage d'affection lui avait offert ça, ce passage sous les fourches caudines, cette incorporation, ce dressage.

Toi qui veux être mon fils sois d'abord un homme.

M. tellement sous le choc qu'il n'avait pu faire autrement que s'enfuir avant la fin du premier mois, déserter par le seul moyen qu'il avait trouvé, en escaladant le mur de la caserne et en se laissant tomber de l'autre côté comme il avait pu, se cassant la cheville ou le tibia, je ne sais plus, a dit Louis, je ne sais même pas comment il s'est débrouillé ensuite pour rejoindre en catastrophe l'Allemagne, est-ce qu'il est parvenu à sauter dans un train, est-ce qu'il a trouvé un bus, une voiture, une série de voitures qui en le voyant se traîner avec sa jambe cassée ont eu pitié, en tout cas le fait est qu'il est rentré chez lui, qu'il a au moins réussi cela, retourner à sa mère dont nous avons reçu quelques jours plus tard cette lettre au ton calme mais ferme, l'avantage de ce qui vient de se passer c'est qu'au moins la question de revoir son père ne se pose plus, nous avons lu cette phrase et nous avons su que tout était fini cette fois, que M. ne reviendrait plus, que le lien ne se réparerait jamais, au moins la question de revoir son père ne se pose plus ces mots avaient sonné comme un verdict qui pour une fois au moins retournait les choses, nous condamnait nous, donnait le sentiment qu'à présent c'était l'Allemande qui en décidait ainsi, peut-être M. lui-même qui jugeait la coupe pleine, a dit Louis, et ce n'est que quelques semaines plus tard que nous avons su l'autre raison à laquelle faisait en réalité allusion la mère de M., une raison beaucoup plus objective et implacable que tous les sentiments d'humiliation, une raison presque glaçante d'irréversibilité, purement administrative, juridique, quarante ans d'interdiction de territoire français en l'occurrence, puisque telle était la peine prononcée par l'armée française à l'encontre du déserteur M. en jugement de son honteux abandon de poste.

Devant nous la masse énorme de la gare se profilait, difficile à embrasser d'un seul regard, avec ses verrières hautes, son énorme horloge m'indiquant qu'il ne me restait plus que cinq minutes avant le départ. Louis a marché avec moi jusque sur le quai, le train est arrivé, je suis monté à bord, suis resté à regarder la silhouette un peu voûtée de mon grand-oncle s'éloigner, agiter la main, disparaître derrière un poteau, puis un autre, puis derrière la masse métallique de la gare tout entière. J'ai continué de l'imaginer, s'en retournant prudemment chez lui par le boulevard et les rues, dans le bruit des voitures et du vent, marchant de son pas lent d'octogénaire jusque chez lui pour y retrouver Jacqueline épousée autrefois contre l'avis courroucé de l'Église, Jacqueline et lui à nouveau seuls tous les deux jusqu'au soir dans leur petite maison amie des fracassés, des esseulés, des M.

Le soir sur internet je l'ai retrouvé en quelques clics à peine : le vrai M., puisque maintenant je savais que c'était lui. J'ai vu sa maison, située à cinq cents mètres à peine de celle de l'ancien chauffeur de bus, de l'autre côté de la grand-route. Une maison pas si différente de la première, pavillonnaire elle aussi, avec jardinet et place de parking, simplement située de l'autre côté de la bourgade, à l'opposé des voies ferrées. J'ai tenté de me faire à l'idée que cette fois il n'y avait plus de doute. Que cette maison était la sienne. Que c'était par cette porte que M. sortait tous les matins et rentrait tous les soirs. Cette allée de gravillons qu'il foulait tous les jours. Je me suis rappelé m'être dit les mêmes mots devant la maison du chauffeur de bus : c'est là qu'il vit. C'est derrière ces murs que tous les soirs il s'endort. Mais j'ai compris que cette certitude d'alors n'était qu'un semblant de certitude. C'était une certitude avec laquelle je m'amusais à jouer, une pensée que j'agitais devant mon imagination pour sonder le vertige qu'elle faisait naître en moi. C'était une certitude épouvantail, faite pour jouir du saisissement qu'elle me procurait, comme on joue à se faire peur, à prendre les ombres pour des fantômes, à reconnaître le profil de la dame blanche dans l'éclat d'un rayon de lune à travers un rideau. C'était une presque-certitude – mais ce presque changeait tout.

En quelques clics j'ai appris son métier : *Antiquitätenhändler*, antiquaire, brocanteur. Il apparaissait peu sur internet, avait peut-être cessé d'exercer. Mais il disposait toujours d'une adresse professionnelle dans le centre. J'ai songé à tout ce que cela changeait : M. non plus chauffeur de bus mais marchand d'objets de seconde main. Non plus homme sociable familier de tous les habitants du bourg, habitué à véhiculer les uns et les autres, mais solitaire habitué à côtoyer surtout des choses, à les racheter, les revendre. M. l'orphelin de père entouré d'objets eux-mêmes comme en suspens, sur le point de changer de mains, d'entamer une nouvelle vie. M. l'enfant abandonné qui avait fait profession de s'entourer d'articles délaissés, de veiller sur eux, de découvrir ce qui s'y cachait de valeur inaperçue pour les sauver.

Je me suis levé pour me faire un café. J'ai ouvert la fenêtre de la cuisine, laissé le froid de la nuit s'engouffrer à l'intérieur, avalé à petites gorgées le liquide brûlant en regardant les feuilles des arbres et des plantes luisantes dans l'obscurité, le petit jardin tout entier bleui, brillant, les feuilles pareilles dans la pénombre à de fines lancéoles en plastique.

Je suis sorti sur le pas de la porte, j'ai découvert la lune énorme au-dessus du jardin. Proche comme je ne me rappelais pas l'avoir jamais vue. Faisant pleuvoir du ciel assez de lumière pour que mes yeux discernent chaque brin d'herbe. J'ai regardé le trou dans le mur où se planquait depuis des mois une souris, l'évacuation de la chaudière d'où s'échappait le même nuage de vapeur que chaque nuit.

Je me suis demandé ce qu'avait vécu M. entre ces deux bornes si éloignées de sa vie, les deux seules dont je sache des bribes – l'abandon de Malusci à une extrémité, le métier de brocanteur à l'autre. J'ai essayé d'imaginer par quels tournants il avait pu passer pendant toutes ces années, non seulement lui mais sa mère. J'ai essayé de les imaginer tous les deux, l'Allemande et M., unis ou séparés dans l'adversité, obligés de déployer quelle force pour passer outre les blessures et aller de l'avant.

J'ai envisagé la possibilité d'un M. amer.

12

Le lendemain j'ai retrouvé A. à la mairie. Il faisait beau, un grand soleil presque ironique. Le mistral avait lavé le ciel, tout était beau et bleu. Je me suis avancé sous le vaste plafond du hall, puissamment arqué, aérien comme une vague : le plus long plafond voûté de France, chef-d'œuvre de la stéréotomie française, disent les guides touristiques.

Vingt ans et vous ne vous êtes jamais mariés, a dit l'employée municipale en nous regardant de ses gros yeux. C'est dommage.

Les cas comme le nôtre se réglaient dans une petite salle dérobée, sans lustre. Les mariages avaient droit aux ors du grand salon, les divorces étaient relégués dans un petit cabinet voisin des toilettes. Nous avons acquiescé sans mot dire. Elle s'est agacée que nous ne réagissions pas davantage. Elle a eu envie d'enfoncer le clou.

Je suis désolé de vous le dire mais c'est dommage. Madame vous savez que vous auriez pu bénéficier du droit de toucher la pension de réversion de Monsieur en cas de décès prématuré. Et vous de même Monsieur.

Nous avons fait bloc et souri pour montrer que nous le savions. Que nous l'avions toujours su. Que nous étions idiots, peut-être. Mais que c'était ainsi.

Enfin bref. Chacun est libre de vivre comme il veut, hein.

Elle nous a dit ce dont nous étions venus nous assurer : qu'un simple courrier suffisait. Un courrier que nous pouvions rédiger dans la seconde, qui ne requérait aucun justificatif, aucun motif. Simplement trois lignes : d'un commun accord nous dénonçons le pacte de solidarité civile conclu le 29 août 20..., etc.

Ressortis sur le parvis nous l'avons rédigé sans attendre, pendant que nous y étions, dans le premier café.

Au moins ce sera réglé. On l'envoie et on va se faire un restau tous les deux, on l'a bien mérité.

Nous nous étions aimés pendant toutes ces années pour ça aussi. Un désir partagé d'aller de l'avant. Une puissante envie de croire en l'avenir, d'embrasser l'existence à bras-le-corps, avec ses joies et ses tristesses, sans atermoiements trop prolongés, sans peur. Une commune propension à faire confiance aux choses, à dire *avanti*, peut-être trop vite, peut-être imprudemment parfois, non sans blessures ni remords, mais portés toujours par le besoin de croire.

Nous avons écrit les trois lignes requises, sommes allés manger un morceau à l'une des terrasses de la place toute proche, presque seuls dans le froid de février. Un restau tous les deux, sur une petite place de la ville. Chose qui n'était plus arrivée depuis des mois, des années presque.

En nous quittant nous nous sommes pris dans les bras, nous nous sommes serrés longtemps. J'ai senti dans mes bras la taille d'A. que je connaissais par cœur, son corps que je connaissais par cœur, son odeur aimée entre toutes. Je n'ai pu m'empêcher de passer mes mains sous le pull d'A., je me suis émerveillé de la douceur de son dos, j'ai eu envie de sentir encore sa peau, de la sentir toujours sous mes doigts. J'ai vu qu'A. aussi mettait ses mains sous mon pull, qu'elle aussi se serrait contre ma taille, me voulait, me voulait de tout son corps. Nous avons souri de sentir ce désir fou monter en nous, un désir qui peut-être saisissait toujours les amoureux au moment de se séparer après beaucoup d'années, un désir qui dans notre cas ne s'était jamais éteint, retardant longtemps notre décision de nous séparer. Cela avait-il le moindre sens, de continuer à se désirer autant après toutes ces années, et malgré tout de se quitter. N'était-ce pas parfaitement absurde, la preuve que nous étions en train de faire une gigantesque connerie.

A. est retournée au boulot, je suis rentré à la maison. Je me suis fait un café et je l'ai bu dans la cuisine, en regardant par la fenêtre le petit jardin longtemps aimé d'A. J'ai laissé mes yeux se promener sur le plumbago et les lavandes rabougries par l'hiver, les pieds de sauge amaigris, réduits au quart du volume d'il y a quelques mois seulement, feuilles brunies par le froid, tiges sèches, cassantes comme du bois.

J'ai mis le morceau que j'écoutais dix fois par jour depuis des semaines.

Con qué tristeza miramos un amor que se nos va.

J'ai pensé que l'espagnol disait les choses plus justement que le français : pas seulement un amour qui s'en va – un amour qui s'en va de nous. *Un amor que se nos va*, comme pour mieux dire cette amputation que je sentais en moi.

Es un pedazo del alma que se arranca sin piedad.

Putain je le sentais passer, ce bout d'âme qu'on m'arrachait sans pitié.

Les enfants ne rentreraient pas avant cinq heures de l'après-midi. J'avais encore deux heures devant moi. Je suis ressorti me promener le long du fleuve.

J'ai regardé l'eau brune couler entre les deux rives solidement maçonnées. Regardé la ville terne sous le ciel gris. La péniche amarrée depuis des années sur le quai d'en face, où j'avais des dizaines de fois pensé qu'il fallait que nous allions dîner ensemble un soir, s'il était vrai que sur cette péniche on servait à dîner.

J'ai repensé aux promesses que nous nous étions faites mille fois, de réussir à vivre en touristes dans notre propre ville, avec un émerveillement de touristes, un enthousiasme de touristes, des envies de péniches et de dîners aux chandelles de touristes.

J'ai pensé à tout ce que voulait dire notre séparation. À tous les effets qu'elle aurait tôt ou tard. La perte non seulement d'A. mais de tout un monde qu'elle m'avait ouvert. La maison de son père au bord de la mer où je n'irais plus. Les pêches avec les amis à marée basse qu'il faudrait réinventer ailleurs. Un rétrécissement de la vie. Un adieu à des lieux, des rituels, des repères. Un repli sur ma famille à moi. Famille avec laquelle je venais de frôler, par le biais d'Imma, la brouille. J'ai failli en rire tellement c'était énorme. Tellement tout tremblait de toutes parts au même moment. Qui aurait pensé il y a huit mois encore que tout cela arriverait. C'était fou. Et d'une certaine façon aussi c'était revigorant. Savoir que pareilles volte-face de l'existence demeuraient possibles, à tout moment.

J'ai appelé une amie dont la vie aussi partait à vau-l'eau : elle venait de tout plaquer, mec enfants et boulot, pour partir avec une collègue de bureau dont elle était amoureuse depuis des années.

Salut Claire ça va.

Je suis dans les cartons, a dit la voix. Je suis noyée de toutes parts, je pleure du matin au soir, mon plus jeune fils m'en veut à mort mais à part ça tout va bien, je suis absolument sûre de moi, elle a ri. Et toi.

J'ai répondu ça va.

Elle a dû entendre le cafard dans ma voix.

Mon cul ça va.

Je te jure ça va, j'ai ri. On vient de rompre notre pacs ça y est.

Elle a triomphé.

Tu vois j'avais deviné. J'ai tout de suite entendu ta voix du fond du seau.

Elle a laissé passer un temps avant de reprendre.

Vous êtes allés vite.

J'ai dit oui. Je ne sais pas si c'est bien, en tout cas on l'a fait.

Je lui ai demandé si elle avait déjà retrouvé un appartement. Elle a dit non. Qu'elle allait d'abord habiter chez son amoureuse. Puis qu'elle trouverait très vite un toit, qu'il le fallait, si elle voulait pouvoir accueillir ses enfants.

J'ai raccroché avec le sentiment à la fois joyeux et

triste que tout partait en sucette, le monde entier en vrille, les vieux couples avec enfants et trop nombreuses années de vie commune au compteur torpillés par l'accélération de la vie, pulvérisés par l'universelle soif de vivre plus. J'ai regardé presque avec impatience les affres à venir, désiré morfler comme tout le monde morflait – et viva la libertad. J'ai pensé que j'étais seul désormais. Que je pouvais partir tous les quinze jours si je voulais. J'ai pensé à M., essayé de me l'imaginer, dans sa solitude lui aussi, là-bas, non loin du lac. J'ai pensé que je boirais bien une bière avec lui, là maintenant, attablés ensemble au bord de l'eau. Je nous ai vus, assis tous les deux, un peu étourdis d'être l'un en face de l'autre, après tout ce temps sans se connaître. J'ai eu la certitude que nous serions proches. Que nous aurions mille choses à nous raconter.

13

Sur le bord de la route un panneau marron signalait le Garlaban à droite. J'ai regardé dans la direction où pointait la flèche, aperçu le sommet au loin, toujours couronné de chèvres peut-être mais salopé désormais de toutes parts à son pied d'innombrables boursouflures en préfabriqué. J'ai continué à suivre la direction Aubagne, me suis faufilé parmi la succession de ronds-points et de parkings constellés de voitures, de magasins en tôle et en plastique, de panneaux publicitaires, de bretelles d'entrée et de sortie vers des zones d'activités comme il en pullulait toujours plus dans le coin. J'ai pensé, comme souvent depuis des années, que ce ne serait pas une grande perte le jour où l'humanité s'autodétruirait enfin, délivrant l'univers de sa vulgarité.

Je me suis laissé guider par le GPS jusqu'au milieu d'une aire tout entière défendue de hauts grillages barbelés, zone militaire, accès interdit. Je me suis garé sur le seul lieu de stationnement autorisé des kilomètres à la ronde : le parking du Musée de la Légion Étrangère. J'ai rafraîchi une ultime fois mes courriels dans l'espoir de trouver enfin une réponse au message adressé trois jours plus tôt au général en charge de la Légion, bonjour je suis en ce moment à la recherche de traces de mon oncle allemand M. H. brièvement incorporé à la Légion étrangère d'Aubagne vers le milieu des années 1960, savez-vous s'il existe des archives dans lesquelles je pourrais retrouver son dossier, etc.

Je suis descendu de voiture, j'ai contemplé autour de moi le parking désert, me suis efforcé de reconnaître par-delà les grillages barbelés les différentes parties du site plusieurs fois scruté sur internet. J'ai essayé de deviner quels étaient les bâtiments récents, quels autres dataient au contraire de la création du site en 1963, année où, l'Algérie devenue indépendante, la Légion tout entière avait dû être rapatriée en France, avec son commandement, ses milliers d'hommes et même son monument aux morts, un globe terrestre en bronze jusque-là fièrement juché au sommet d'un socle de marbre à Sidi Bel Abbès, à quelques kilomètres seulement de la ferme de Malusci.

J'ai trouvé à mon grand-père ce semblant de circonstance atténuante quant à son rêve de M. en légionnaire : peut-être cette idée lui était-elle venue d'avoir toute son enfance habité à côté. D'avoir presque vécu avec la Légion, depuis toujours, là-bas, de l'autre côté de la Méditerranée.

Je suis arrivé devant le bâtiment, j'ai lu le Code d'honneur du légionnaire gravé au mur, avec ses sept articles à apprendre par cœur en français. Légionnaire tu es un volontaire, servant la France avec honneur et fidélité, chaque légionnaire est ton frère d'armes quelles que soient sa nationalité sa race sa religion. Légionnaire, attaché à tes chefs la discipline et la camaraderie sont ta force le courage et la loyauté tes vertus. Légionnaire, fier de ton état de légionnaire tu le montres dans ta tenue toujours élégante ton comportement toujours digne mais modeste. Légionnaire, soldat d'élite tu t'entraînes avec rigueur, tu entretiens ton arme comme ton bien le plus précieux, tu as le souci constant de ta forme physique. Légionnaire la mission est sacrée tu l'exécutes jusqu'au bout et s'il le faut au péril de ta vie. Légionnaire au combat tu agis sans passion et sans haine, tu respectes les ennemis vaincus. Légionnaire tu n'abandonnes jamais ni tes morts ni tes blessés ni tes armes.

À l'intérieur du musée je me suis promené seul, sans rencontrer d'autre visiteur. J'ai scrupuleusement suivi le parcours proposé au fil de la vingtaine de petites salles, photographié la maquette de la bataille héroïque de Camerone, au Mexique, en 1869, le pavillon tricolore criblé de balles du camp de Phu Tong Hoa le 25 juillet 1948, le képi du lieutenant-colonel Jeanpierre mort en 1958.

En revenant à l'accueil j'ai bavardé avec Maxime, chargé un jour par semaine d'assurer l'accueil des visiteurs. Maxime était Moldave, il avait quitté son pays en 2016, en était à son deuxième contrat de quatre ans à la Légion, 1 500 euros par mois, demande de nationalité française toujours en cours. Il avait combattu au Mali où c'était dur, très dur, tu pouvais à tout moment te faire tuer, un de mes copains conducteur de char a sauté sur une mine et au début on a cru qu'il n'avait rien, pas la moindre blessure physique apparente, on a cru au miracle, c'est seulement avec le temps qu'on a compris que quelque chose clochait, sa tête avait lâché, il ne s'en est jamais remis.

Je lui ai parlé du bref séjour que M. avait fait là, entre ces murs. Je lui ai demandé si l'entraînement de légionnaire était aussi éprouvant qu'on le disait. Il a répondu oui. C'est dur mais franchement dans mon pays la condition physique des hommes est bonne, on est tous prêts au cas où il arriverait quelque chose. Quand tu es habitué aux exercices physiques ça n'a rien de si extraordinaire.

J'ai regardé la taille de ses épaules, la puissance de

son cou, le bloc compact que formait tout son corps, petit, trapu, tout en muscles.

Je lui ai demandé si cela arrivait que certains désertent.

Il a répondu oui.

Bien sûr. Il y en a qui ne tiennent pas le coup, ils craquent, ils veulent s'en aller. Ça arrive.

Et qu'est-ce qu'ils font, ils partent.

Oui, il a ri. Tu prends tes affaires et tu pars.

Mais on a le droit, j'ai demandé.

Non. Mais ils le font.

Et si on te rattrape.

Il a haussé les épaules en souriant.

Il ne faut pas qu'on te rattrape c'est tout.

On te fait quoi.

Je ne sais pas. Tu es puni c'est sûr. Tu es déserteur. Passible de la peine de mort.

Bon pour le peloton, j'ai dit.

En théorie oui, il a ri. En pratique j'imagine qu'on te met quelques mois en prison. Ou beaucoup plus efficace : on t'interdit de revenir en France avant très longtemps.

Sa voix s'était tout d'un coup raffermie, comme si sa réponse se faisait pour la première fois plus assurée.

Ça je l'ai entendu dire d'un gars il y a quelques années : interdiction de séjour pendant je sais plus combien d'années, un chiffre énorme. Et j'imagine que si tu revenais malgré tout, là pour le coup c'était le trou.

Nous avons encore parlé pendant quelques minutes. J'ai redoublé de questions. Au bout d'un moment j'ai pensé arrête. Arrête Simon d'espérer que ce Maxime te dise qui est M., et ce que tu lui veux, et pourquoi depuis le début tu ne peux t'empêcher de le chercher.

Je suis ressorti du musée, j'ai regardé les caméras de surveillance qui scrutaient l'esplanade de bitume tout entière immobile. Le parking sans autre voiture que la mienne. Les branches des micocouliers qui remuaient doucement dans le vent. Le bruissement des feuilles contre le grillage. Le soleil haut. L'éclat des lignes blanches toutes neuves entre les places de parking désertes. J'ai éprouvé le vide du lieu. J'ai souri de moi-même et de ma naïveté. Souri d'être là à vouloir que des lieux et des gens m'apprennent une vérité que j'étais seul à pouvoir découvrir.

Je me suis dit que je passais malgré tout une belle matinée. Qu'il y avait des façons plus absurdes de tuer le temps. Je suis allé manger un morceau dans les rues d'Aubagne. J'ai trouvé un petit kebab à la façade moche, enseigne rouge et jaune criarde qui à elle seule enlaidissait tout un pan de rue. Je me suis assis sur l'une des chaises en plastique disposées en terrasse, dans le passage des voitures, avec des types qui venaient là tous les jours et sirotaient simplement leur thé, et leur compagnie m'a été plaisante, nous nous sommes contentés d'échanger quelques regards, un acquiescement du visage en guise de bonjour, un sourire, un pouce levé au moment où est arrivé mon kebab et où ils ont souri de ma joie, n'empêche, j'ai eu l'impression de passer un peu un moment avec eux, je me suis senti bien. J'ai regardé l'heure à mon portable. Constaté que les enfants ne rentreraient pas avant un moment. Que je pouvais même encore paresser deux bonnes heures si je voulais. Je me suis dit que j'aimais ça. Que je voulais que ma vie soit toujours faite de ça : de moments ouverts, remplis d'interrogation, de vertige. Moments où chaque chose alentour vibrait, chaque terrasse m'appelait, chaque panneau semblait devoir me conduire vers un endroit désirable.

14

Revenu dans la voiture j'ai trouvé une notification WhatsApp : vous avez 15 nouveaux messages. La salve venait d'arriver sur le groupe créé par Julie au lendemain de la mort de Malusci, pour s'occuper d'Imma. Simple outil au départ, c'était rapidement devenu le principal canal d'échange entre nous, mode d'existence à part entière de la famille, miroir et moyen de sa cohésion, écrin nouveau où elle avait trouvé à se mettre en scène, à se contempler, à se confirmer dans sa propre existence et son propre bonheur de famille unie.

J'ai ouvert le premier message, une photo postée par Julie, d'Imma qui nageait sans bouée, pour la première fois depuis des années. Des exclamations admiratives fusaient en réponse, hourras, salves de cœurs comme en provoquait à peu près chaque image de l'arrière-grand-mère depuis que le groupe existait, chaque photo d'elle dans un endroit où elle n'était plus retournée depuis des années, chaque vidéo d'elle au piano, seule ou avec un de ses petits-enfants.

À ce week-end, écrivait Julie, faisant allusion à la fête qu'organisaient chaque printemps mes parents. Merci d'avance Marie et Alain.

Marie je te fais une pissaladière et une tarte sucrée, disait Sylvie.

Et moi un clafoutis aux cerises du jardin, écrivait Antoine.

Moi des bakhlavas et des beureks d'Ayse, répondait Catherine, qui logeait depuis un an une jeune réfugiée turque.

Moi j'apporte mon maillot de bain, disait malgré les douze heures de décalage un cousin installé à Hong Kong, et l'annonce de sa présence faisait redoubler la pluie de messages.

J'ai pensé que dans quelques jours à peine tous seraient là, réunis autour d'Imma, fêteraient sa vaillance de vieille dame presque centenaire, l'applaudiraient au piano.

Je me suis revu assis en face d'elle quelques mois plus tôt sous le lustre du salon.

Imma courroucée, coupante, dure.

Sur la photo on la voyait fragile. C'était Imma au bain, cheveux blancs mi-longs étoilés dans l'eau aigue-marine, corps ramassé, épaules recroquevillées par l'âge, visage tendu, crispé par l'effort, yeux de petit animal effrayés par la masse du liquide alentour, trop concentrée pour trouver la ressource de regarder du côté de l'appareil, a fortiori de sourire.

J'ai fait redéfiler les images des semaines et des mois précédents. Déroulé d'un bonheur indubitable, d'une félicité paradoxalement retrouvée depuis la mort de Malusci, renaissance in extremis, rallonge inespérée de vie, que toutes et tous s'ingéniaient à lui rendre belle.

Bravo Imma, j'ai écrit moi aussi.

La seconde d'après j'ai entendu le tintement d'un nouveau message. Posté par Franz. Non plus sur le groupe mais en privé.

Salut Simon je suis en Allemagne chez mon plus jeune fils. Tu seras là dimanche ?

J'ai songé que je ne l'avais plus revu depuis l'enterrement. Que je ne lui avais jamais refait signe depuis notre conversation téléphonique interrompue. J'ai répondu oui.

Je serai là oui.

Louis m'a dit que tu lui avais rendu visite, a écrit Franz.

Je me suis demandé si c'était un reproche. J'ai compris que non.

Louis avait des souvenirs très précis de M., j'ai

répondu. Je suis allé le voir à Toulouse, il me les a racontés.

Moi aussi j'ai des choses, a dit Franz. Des photos que j'ai retrouvées. Pas beaucoup mais elles sont belles. Je te les porterai dimanche.

Des photos de M., j'ai demandé.

Des photos de M. et de Liselotte, il a répondu, appelant l'Allemande par son prénom, comme s'il ne doutait pas qu'elle me soit familière désormais.

Je l'ai remercié. J'ai vu qu'il pianotait un nouveau message. Qu'il mettait du temps à l'écrire, comme s'il s'y reprenait à plusieurs fois.

Je ne te l'ai jamais dit mais j'ai un lien avec M.

J'ai attendu de voir s'il continuait. J'ai eu l'impression qu'il guettait ma réaction.

Un lien de famille, j'ai demandé.

Si on veut, il a écrit.

Si on peut appeler ça une famille, suivi d'une émoticône clin d'œil-sourire.

Dix secondes sont passées et j'ai reçu l'adresse d'un site internet.

J'ai cliqué dessus, une page s'est ouverte, portail d'une association créée par des enfants séparés d'un de leurs parents par la seconde guerre mondiale.

J'ai cliqué sur l'onglet Recherches en cours, lu à toute allure les dizaines d'annonces qui s'affichaient. Je m'appelle Wolfgang Span, j'approche des soixante-seize ans, je recherche la famille de mon père René Fribourg, qui appartenait aux forces françaises en Autriche, en 1945-1946 il était en garnison à Fulpmes (Tyrol), c'est ainsi qu'il a rencontré ma mère Anna Span, vendeuse, qui habitait chez la famille Othmar Kröbacher. De ce père mystérieux, je ne possède que la photo ci-jointe. Je m'appelle Klaus, je suis né en juin 1945, je recherche mon père Gabriel Doux, ancien prisonnier de guerre à Stuttgart. Je sais qu'il conduisait un véhicule à cheval, il a dit être domicilié 2 avenue de la République à Toulouse, mais un courrier envoyé à cette adresse m'est revenu. Mon père Walter Berndt, médecin officier ou sous-officier, se trouvait fin 1942-début 1943 affecté à l'arsenal de Metz, qu'est-il devenu. Mon père Roger Perrault a fait partie des Troupes d'Occupation en Allemagne, il y est resté au moins de 1946 à 1950, il était stationné à Baden-Baden, il a eu un enfant que je recherche. Mon père Georges Sarrat a conçu un fils lorsqu'il était prisonnier de guerre en Autriche, au Stalag XVIII-A de Wolfsberg. Je suis sa fille Michèle, j'aimerais retrouver mon demi-frère. Mon père Jacques Lacrocq était prisonnier de guerre près de Dresde, où il a eu un fils. Il a toujours gardé dans son portefeuille la photo de l'enfant. Je suis Pascal, le fils français de Jacques Lacrocq, j'aimerais retrouver mon frère allemand. Mon père Jacques Vicente était prisonnier de guerre au Stalag III-A à Schönefeld, à l'est de Berlin, il y est tombé amoureux d'une fermière (veuve) de Ludwigsfelde, ils ont eu un enfant que j'aimerais retrouver. Je recherche des personnes ayant connu mon père Armand Maurice Talbot. Je sais que mon père Lucien Varachez a été prisonnier de guerre au Stalag VII-A au nord de Moosburg, je sais qu'il a eu un fils avec une Allemande nommée Maria ou Martha, j'aimerais retrouver mon frère.

J'ai voulu répondre à Franz. J'ai vu qu'il m'avait déjà envoyé un autre message.

Il y a eu 400 000 enfants comme M. 400 000 enfants allemands nés de soldats alliés.

J'ai encore attendu quelques secondes et puis j'ai reçu ces mots :

400 000 dont moi. Je ne te l'ai jamais dit mais moi aussi je suis un M. Moi aussi je suis né en 1946, d'une mère allemande et d'un père allié.

Tout cela écrit presque d'une traite. Comme si celui qui les envoyait craignait de ne plus oser ensuite.

J'ai vu arriver une photo. J'ai cliqué dessus pour qu'elle s'affiche. J'ai découvert le portrait noir et blanc d'un homme en buste, casquette d'officier, visage sévère, chemise blanche et cravate, veste bardée d'insignes.

Mon père, a écrit Franz. La seule photo que j'ai de lui.

J'ai regardé le visage du soldat tout jeune encore. Trois fois plus jeune que Franz l'était aujourd'hui. Je n'ai su que dire. J'ai composé le numéro de Franz, il m'a tout de suite répondu.

J'ai pensé que ce serait plus simple de se parler de vive voix.

Tu as raison, il a ri.

Quelle aventure.

Oui.

Et moi qui étais sûr que tes deux parents étaient Allemands.

Ma mère oui, pas mon père.

Il était Français lui aussi, j'ai demandé.

Néo-Zélandais.

C'est quoi cet uniforme qu'il porte sur la photo.

Pilote de chasse, a dit Franz, et dans sa voix j'ai deviné une fierté d'enfant. Pilote du Commonwealth. Incorporé aux troupes britanniques de la Royal Air Force.

Pilote de la RAF, la classe.

Je trouve aussi, a dit Franz. Sauf que ce n'était pas l'avis de la famille de ma mère. Une famille très riche, très conservatrice. Des industriels allemands très fortunés dont les usines venaient justement de se faire pendant des mois réduire en miettes par la RAF, peut-être par mon père lui-même qui sait, puisqu'il était de ceux qui tous les jours larguaient leurs bombes sur les villes du coin.

Il a marqué une pause.

Dès que les parents de ma mère ont su qu'elle fréquentait un pilote allié, ils ont exigé qu'elle cesse de le voir. Sauf que c'était trop tard, le mal était fait. Le mal c'est-à-dire moi, il a ri d'un rire qui masquait mal son émotion. J'étais déjà dans son ventre, elle ne pouvait plus faire marche arrière.

J'ai attendu quelques secondes avant de réagir.

Et ton père tu as eu le temps de le connaître.

Franz a soufflé dans le téléphone.

Je l'ai vu une ou deux fois. Ou disons plutôt que lui m'a vu. J'étais tout petit mais ma mère a fait en sorte qu'il puisse au moins me prendre dans ses bras.

Et après, j'ai demandé.

Et après c'est tout. Quelques années après ma naissance il est mort. Seul.

J'ai hésité.

D'une maladie ?

Franz a attendu avant de répondre.

D'une maladie oui. D'une cirrhose.

Nous nous sommes tus.

J'ai à nouveau regardé la photo du jeune pilote de chasse en uniforme, insignes de la RAF fièrement portés, sourire sûr de lui. J'ai essayé d'imaginer le même homme vieilli de dix ans. Spectaculairement abîmé en quelques années. Torpillé à mi-course au point d'y rester.

Je t'apporte les photos dimanche, a redit Franz, histoire de changer de sujet.

Je l'ai remercié. Nous avons raccroché. J'ai repris la route. Suis repassé devant la terrasse du petit kebab où la bande de vieux continuaient de siroter leurs verres de thé. Je suis ressorti de la ville, dans la lumière du milieu d'après-midi.

En chemin j'ai songé à tout ce que la séparation avec A. déplaçait de mes rapports avec ceux qui m'entouraient. J'ai songé aux deux seuls qui voulaient bien me parler de M. depuis le début : Franz et Louis. Franz frère de M. dans l'ordre des gamins non voulus, maudits, à peine nés que privés de père. Louis qui avait de ses yeux vu la souffrance de M. Qui avait lui-même eu à subir à plusieurs reprises la loi de la famille. Qui le premier avait tenu à m'expliquer l'origine du patronyme Félix, gravé au poinçon sur chaque plat qui sortait de l'usine familiale : un enfant abandonné, par qui tout avait commencé.

J'ai songé au mot qui servait communément à nommer les M. et les Franz : des bâtards. J'ai écouté le son glorieux que faisaient ces deux syllabes. J'ai pensé que naître bâtard c'était savoir d'avance que les autres ne vous feraient pas de cadeau. C'était apprendre d'emblée le grand partage entre ceux qui osaient nommer les choses et ceux qui préféraient les taire. Naître bâtard c'était gagner du temps, mûrir à vitesse accélérée, apprendre à composer dès les premiers pas avec le boitement inévitable de la vie. C'était grandir plus courageux, plus honnête avec soi-même et avec la vie, tout simplement plus vrai. N'était-ce pas ce que l'on disait des chiens bâtards : qu'ils étaient beaucoup plus intelligents que tous les chiens de race. Que pour eux la débrouille était question de survie.

Je me suis demandé ce qui expliquait que je sois du côté de M. Ce qui pouvait bien faire que depuis le début je me sente son complice. Je me suis vu dans ma solitude nouvelle, face au vertige de n'avoir plus personne à qui m'adosser, attiré par cet esseulé majuscule, ce délaissé qui avait connu l'abandon le vrai. Je me suis demandé quelle vérité j'espérais qu'il me dise. J'ai songé à mon métier d'écrire. J'ai pensé que comme M. je faisais partie des êtres qui avaient un problème avec le monde, n'arrivaient pas à s'en contenter tel quel, devaient pour se le rendre habitable le triturer, le rêver autre. J'ai pensé que j'étais le frère de M. dans l'ordre des condamnés au remodelage, à la fiction. Son frère dans l'ordre des intranquilles, des insatiables, des boiteux.

15

Imma est arrivée avec Catherine, un peu avant midi. Elle est descendue de voiture. Comme les autres j'ai marché à sa rencontre, suis venu la saluer, l'embrasser. La piscine venait d'être remise en eau. Du bassin montaient des cris d'enfants, des bruits de plongeons. La veille, avec mes sœurs, aidés aussi des enfants, nous avions récuré le fond mangé d'algues, extrait des dizaines de seaux de feuilles mortes, de pommes de pin, de vase et d'insectes décomposés, retrouvé peu à peu le blanc du revêtement d'origine. Puis nous avions tiré un gros tuyau noir d'irrigation jusqu'au-dessus de la margelle, et l'eau glacée du canal avait jailli de la bouche en plastique, puissante gerbe argentée de soleil, brillante, réparatrice. Les premiers baigneurs avaient râlé, elle est froide putain. Et puis les enfants s'étaient risqués à plonger enfin dans l'eau, avaient commencé à jouer, n'avaient plus songé qu'à s'amuser.

J'ai pensé que c'était la première fête depuis vingt ans à laquelle je venais sans A. Je suis allé enfiler un maillot, suis entré dans l'eau où nageaient déjà mes deux fils. J'ai plongé dans la mêlée des jeux, des cris, des concours de bombes, des batailles de chevaux. Je me suis lavé les pensées dans le grand bain des jeux d'enfants. Je suis resté là une demi-heure, une heure, sans plus songer à rien d'autre qu'au ballon à attraper, à la passe à transmettre, au sprint à piquer, yeux rougis, membres éprouvés par l'effort, cordes vocales irritées à force de cris.

En ressortant je me suis séché sur le bord, suis resté quelques minutes encore à regarder les gamins continuer de jouer infatigablement. J'ai vu Franz qui s'avançait vers moi.

Simon si tu veux je te montre les photos maintenant.

Cela dit d'un ton tranquille, imperturbable, en une parfaite réplique du premier verre que nous avions bu ensemble le jour de l'enterrement de Malusci.

Je me suis rhabillé, l'ai suivi jusque parmi les voitures de l'autre côté de la maison. L'ai regardé ouvrir la sienne et fouiller dans la boîte à gants pour en sortir une enveloppe kraft.

Tiens.

J'ai tiré de l'enveloppe l'image d'une femme toute jeune encore, dont la jeunesse m'a paru presque indécente. Elle posait crânement adossée à un tronc d'arbre, en fille de la forêt sûre d'elle, cheveux bruns tressés de fleurs, robe indienne, très légère, très fine, qu'on devinait colorée, constellée de perles et de morceaux de miroir, avec vingt ans d'avance sur les hippies de tous les pays. Elle regardait l'appareil sans peur ni gêne, le dominait de toute l'assurance de sa jeunesse et de sa beauté. Elle avait l'air d'une Iroquoise, d'une guerrière amérindienne à la liberté indomptable. L'image était tirée à l'imprimante, sur du méchant papier recyclé. Malgré tout elle avait une force extraordinaire. Même mal définie, même grossièrement pixélisée, tout d'un coup l'Allemande du lac était là, me regardait dans les yeux, jeune comme à l'époque où Malusci avait dû la rencontrer. Je l'avais toujours imaginée en fille de ferme un peu sage, tresses blondes nouées avec application, longue robe de tissu lourd sans fantaisie, tablier, sabots. Je la découvrais agile, serpentine, chasseresse, libre comme jamais je n'aurais cru.

Je comprends qu'elle l'ait marqué, j'ai souri.

Je comprends aussi, a ri Franz.

J'ai continué de scruter le regard intrépide de l'inconnue. Sa jambe droite négligemment relevée pour s'appuyer de la plante du pied au tronc. Son attitude tout entière de défi, d'audace. J'ai machinalement dénombré les années écoulées depuis l'époque où la photo avait dû être prise.

J'imagine qu'elle est morte maintenant, j'ai demandé.

Il n'y a pas si longtemps, a dit Franz. C'est même assez fou : elle était en pleine santé, et puis elle s'est éteinte à l'automne dernier. Deux mois à peine après Malusci.

J'ai reçu la nouvelle, attendu d'en mesurer bien les implications.

Tu sais s'ils se sont revus, j'ai demandé.

Franz a secoué la tête.

Je sais qu'ils ont continué de s'écrire. Au moins de loin en loin. Elle a mis du temps à retrouver un semblant de vie ordinaire, il a fallu qu'elle affronte la réprobation, les jugements, la honte. Comme toutes les femmes qui étaient dans son cas. Avoir un M. sur les bras à vingt ans ça n'aide pas. Et puis elle a fini par épouser un type bien, un fermier plus âgé, veuf, qui devait être ravi, et qui est resté jusqu'au bout très amoureux d'elle, avec lequel elle a finalement eu d'autres enfants.

J'ai à nouveau regardé la photo. J'ai essayé d'imaginer la même femme, devenue vieille.

C'est fou qu'elle soit morte si peu de temps après

lui, j'ai dit après un moment. Qu'elle ne lui ait pas survécu plus de deux mois.

Oui, a souri Franz. On peut dire qu'elle l'a suivi. On peut dire aussi qu'ils étaient très vieux tous les deux. Qu'il était plus que logique qu'ils meurent l'un et l'autre. Personne ne pourra jamais savoir.

J'ai tiré de l'enveloppe une deuxième image, agrandissement d'une photo d'identité d'un adolescent de quinze ou seize ans. Je suis resté sans rien dire d'abord. J'ai regardé le visage de M. Son air un peu crâne lui aussi, comme sa mère, chemise de lycéen portée avec décontraction, aisance, digne fils de l'inconnue du lac, l'air bien dans ses baskets – beaucoup mieux dans ses baskets en tout cas que j'avais toujours pensé.

Je ne l'imaginais pas comme ça, j'ai dit.

Tu l'imaginais comment.

Je sais pas, j'ai souri. Mal à l'aise. Mal dans sa peau. Portant sur son visage le poids de toute cette histoire. Beaucoup plus maigre et mal en point, j'ai ri.

Une voiture retardataire est arrivée, nous prenant de court, ne nous laissant pas d'autre choix que d'assumer d'être là, tous les deux, en flagrant conciliabule. La porte avant gauche s'est ouverte, ma sœur Aurore en est descendue, en même temps que jaillissait de la portière arrière sa fille de cinq ou six ans, filant déjà vers la piscine et les jeux des cousins.

Lila tu as dit bonjour à Simon et Franz.

La gamine s'est échappée comme une fusée vers l'autre côté de la maison.

Lila attends j'aimerais que tu dises bonjour. Lila je te parle reviens.

La gamine a disparu. Aurore a eu l'air déconfit, tous les trois nous avons ri.

Alors ça se passe comment, elle t'écoute, a demandé Franz.

Comme tu vois, a souri Aurore. Pas trop.

Elle nous a embrassés, a disparu à son tour à l'angle de la maison, nous laissant de nouveau seuls au milieu des voitures écrasées de soleil.

Qu'est-ce qu'on fait on y retourne, a demandé Franz.

Oui allons-y, j'ai dit, et nous avons fait quelques pas de plus en silence, sommes arrivés presque à l'angle de la maison, sous les trembles. Avant de replonger dans la fête je me suis immobilisé, j'ai cherché mes mots.

J'ai décidé d'y aller.

J'ai vu que Franz ne comprenait pas tout de suite.

J'ai décidé d'aller là-bas voir M. D'y aller dès que je pourrai.

Franz ne disait rien.

Tu trouves que c'est une bêtise, j'ai demandé.

Il a souri.

Non. Au contraire.

Il a eu l'air d'hésiter.

Je n'ai pas eu le temps de le dire le jour de l'enterrement. Mais il est venu. Je veux dire il est venu chez nous.

Je me suis demandé si je comprenais bien.

M. est venu chez vous.

Franz a dit oui.

Je suis resté à écouter les bruits de la piscine qui continuaient de déchirer l'air, à regarder le soleil qui éclairait les feuilles des trembles au-dessus de nos têtes, la fête qui battait son plein là-bas derrière l'angle de la maison.

Vous avez accueilli M. chez vous, j'ai répété incrédule.

Pendant toute une semaine, a dit Franz. C'était peu de temps avant la mort de Malusci. Les médecins nous avaient dit que c'était la fin alors on a décidé de le prévenir.

J'ai tenté de me représenter la scène : le fameux M. non seulement surgi du monde parallèle où j'avais inconsciemment pris l'habitude de le situer, mais confortablement installé au milieu du salon de Julie et Franz, à quelques centimètres d'eux, dans le canapé où moi-même je m'étais assis plusieurs fois, à deux pas de la villa d'Imma qui n'avait pas pu ignorer cette visite et l'avait donc très certainement vu elle aussi, s'était peut-être même trouvée assise dans le canapé avec lui, au milieu du salon de Julie et Franz.

C'est toi qui l'as appelé pour l'inviter, j'ai demandé.

Non c'est Julie. Elle a pensé qu'il fallait. Que c'était la dernière chance.

Elle l'a appelé et il est venu, j'ai demandé.

Immédiatement, a dit Franz. Le lendemain du coup de fil il était là.

C'est-à-dire qu'il a revu Malusci avant sa mort.

Pendant toute une semaine. C'était déjà presque la fin, Malusci était à bout de forces, passait la journée entière à dormir. Mais chaque matin pendant une heure ou deux M. est venu s'asseoir à son chevet.

Je suis resté sans rien dire, à imaginer le face-à-face du père et du fils. À tenter de me représenter ce qu'ils avaient pu se dire. L'émotion de M. au spectacle de ce père toute sa vie réclamé, retrouvé à l'instant de devoir le perdre définitivement, amaigri, alité, presque mourant déjà.

J'ai regardé Franz. Regardé les troncs des trembles mangés de lichens. Les galets mangés de lichens sur le petit chemin de pierres près d'eux. Écouté les bruits de la fête. J'ai laissé mes yeux glisser doucement à la surface des êtres et des choses. J'ai eu la sensation aiguë de leur épaisseur, de leur mystère, des doubles-fonds qui partout se cachaient.

Et Malusci, j'ai demandé après un temps. Tu as eu l'impression que ça lui faisait plaisir.

Je crois, a dit Franz.

Il a ri.

De toute façon si ça ne lui avait pas fait plaisir il se serait débrouillé pour se défiler. Tu le connais. Tu sais aussi bien que moi ce qu'il faisait les fois où il n'avait pas envie de voir quelqu'un. Toi aussi tu l'as vu, son manège pour ne pas avoir à adresser la parole à ceux qu'il ne voulait pas recevoir. Ce faux sommeil dans lequel il plongeait, paupières closes, bouche ouverte au plafond comme en plein râle, immobilité de gisant, souffle court.

Je vois parfaitement, j'ai dit.

Je me suis demandé s'il allait faire ça à M. Mais non. Il lui a pris la main. Il lui a parlé.

Il lui a parlé, j'ai demandé. Mais dans quelle langue.

En français, a dit Franz.

En français. Je ne savais pas que M. parlait français.

Il ne parle pas français, a souri Franz. Pas plus que Malusci n'a jamais su une phrase d'allemand.

Alors d'un coup j'ai vu la scène. D'un coup j'ai compris pourquoi Franz avait failli parler de M. à l'enterrement. Pourquoi il avait été tout près de s'en sentir le droit. Je les ai vus tous les trois, dans la petite chambre du fond de la villa, avec la mer en contrebas, regardée pendant des décennies par Malusci qui à présent ne pouvait même plus se lever. La mer qui avait dû le bercer jusqu'au bout, par l'entrebâillement des fenêtres.

C'est toi qui traduisais, j'ai simplement demandé à Franz.

C'est moi, il a répondu.

J'ai vu qu'il était ému. J'ai essayé de me l'imaginer chaque jour pendant toute une heure dans la petite chambre de Malusci, aux côtés du père et du fils, à traduire ce que chacun disait à l'autre. À permettre in extremis qu'ils se parlent. Franz le frère de M. dans l'ordre des fils maudits, qui à défaut d'avoir jamais pu connaître son propre père, avait permis à M. de rencontrer le sien.

J'ai souri de savoir que cela avait eu lieu. Que c'était arrivé, sans que personne en sache rien. J'ai pensé que Julie aussi avait dû assister à ces moments. J'ai compris qu'elle savait tout ce que me disait Franz, depuis le début.

16

Du côté de la piscine les cris avaient redoublé, comme si démarrait une course, un relais entre deux équipes qui hurlaient pour s'encourager.

On y va, a proposé Franz.

On y va, j'ai dit doucement.

Nous avons fait un pas de plus et franchi l'angle de la maison. Nous nous sommes retrouvés à découvert. Un de mes fils m'a vu, a couru vers moi.

Papa on te cherchait on fait un foot.

J'ai dit que je parlais encore une minute avec Franz et que je les rejoignais. Juste à ce moment Julie nous a aperçus, est venue à notre rencontre.

Franz je me demandais où tu étais, ce que tu faisais.

On bavardait, a dit Franz.

Julie nous a regardés, a vu nos visages à tous les deux. Je leur ai demandé ce qu'ils voulaient boire. Je suis allé chercher des verres à la table du buffet. Le temps de faire demi-tour je suis resté un instant à regarder aller et venir les groupes de cousins et de cousines de tous âges, à regarder Imma paisiblement installée là-bas à l'ombre dans un fauteuil, deux de ses enfants près d'elle, au cœur de l'agitation générale. Imma quinze fois arrière-grand-mère, de quinze arrière-petits-enfants éparpillés aux quatre coins du jardin et de la maison. Imma qui en savait certainement plus long que personne à propos de l'Allemande et de Malusci et de M., mais qui jamais n'en dirait rien. J'ai contemplé les visages pris dans l'éphémère tourbillon de la fête, happés par l'urgence de l'apéritif à savourer, des tartes à goûter, de la partie de foot à finir, d'une dernière baignade vite fait avant de passer à table. J'ai pensé à tous les secrets qui se cachaient derrière tous ces regards. À l'immense part de joies et de peines que chacun garderait toujours pour soi.

Je suis revenu vers Franz et Julie, leur ai tendu les verres.

J'ai hésité à parler à Julie.

Franz m'a dit que M. avait revu Malusci chez vous avant qu'il soit trop tard.

Il est venu quelques jours oui, a dit Julie. C'était peut-être trois semaines avant que Malusci meure.

Et il n'a pas eu envie de venir à l'enterrement, j'ai demandé. J'avais hésité à poser la question mais Julie est restée calme.

On le lui a proposé, elle a dit. On revenait avec Franz de Munich et on s'est arrêtés chez lui pour lui parler. Dans la toute petite maison qu'il habite près de Meersburg. Franz y avait déjà été, moi c'était la première fois.

Elle a marqué une pause, comme si elle devait faire un effort pour se rappeler tout ça.

On lui a dit.

Quoi.

Qu'il fallait qu'il vienne. Qu'il suffisait qu'il s'asseye avec nous dans la voiture et se laisse conduire, que tout irait tout seul.

J'ai vu que Julie cherchait ses mots.

Je lui ai dit que je m'en voulais, elle a continué. Que j'étais désolée de tout le mal qu'on lui avait fait, pendant toutes ces années, pas seulement notre père mais nous tous. Que je ne pouvais pas parler pour les autres mais que moi en tout cas j'étais désolée. Que je lui demandais pardon.

Et puis, j'ai demandé.

Et puis il a hésité pendant dix minutes peut-être. Il nous a servi du thé mais j'ai vu qu'il n'arrivait pas à s'asseoir pour boire le sien, je le regardais, je sentais l'agitation dans tout son corps. Il s'est levé, s'est rassis, a posé doucement ses mains autour des bords du mug brûlant, comme si cela au moins était sûr, la brûlure de la porcelaine au creux de ses paumes.

Il a demandé où devait avoir lieu l'enterrement. Demandé qui serait là. J'ai vu que de toutes ses forces il essayait de s'imaginer le cimetière, de se représenter les proches rassemblés autour du cercueil. Qu'il s'efforçait de se transporter là-bas en pensée, d'assister d'avance à l'enterrement de son père. Il s'est levé, est resté presque une minute devant la fenêtre sans rien dire, à regarder les arbres, dans un silence interminable. Et puis il a dit non. Je te remercie Julie mais non. Il s'est insensiblement raidi, vieux monsieur un peu voûté, le corps affaibli mais la voix ferme. J'ai tellement rêvé toute ma vie que ce moment arrive. C'est trop tard. Je n'ai plus envie. Vous m'avez accueilli chez vous, Franz et toi. Vous m'avez permis de revoir mon père, c'est tout ce qui compte. Grâce à vous deux j'ai tenu sa main. Au moins une fois dans ma vie j'ai eu ça, et c'est bien. Ça me va. C'est déjà beaucoup plus que je n'aurais cru. Il nous a regardés l'un après l'autre dans les yeux et ce week-end j'ai mes enfants mes petits-enfants qui viennent trois jours, il a ajouté en s'efforçant de sourire, comme s'il éprouvait le besoin de justifier encore sa décision. Je ne vais pas planter tout le monde, il a dit. Il faut que je sois là. C'est ici qu'est ma place.

Julie a bu une gorgée de vin, s'est un bref instant interrompue. Du côté de la terrasse on appelait à table, de toutes parts les voix rameutaient les invités dispersés.

Et vous êtes repartis sans lui, j'ai demandé.

On a fini de boire le thé, a dit Julie. Et puis on l'a vu qui attrapait un sécateur et sortait dans le jardin. On l'a regardé marcher jusque dans un coin du jardin où se trouvait un rosier. Couper la plus belle fleur. Une splendide rose rouge qu'il a cueillie avec toute sa tige. Il est revenu dans la cuisine et l'a tendue à Franz. Il lui a dit tiens. Il était sûr de lui à présent, son visage était calme. Tiens tu déposeras ça sur son cercueil, ce sera ma façon d'être là. Une rose de mon jardin. De cette maison où il ne sera jamais venu.

J'ai regardé Julie, regardé Franz qui acquiesçait sans plus rien dire. Je me suis souvenu de la scène au cimetière. J'ai revu le cercueil déjà descendu dans le caveau. Imma qui la première était venue se tenir au bord du trou, jeter sur le bois clair du cercueil la première poignée de pétales de roses, d'une main sûre, le visage ému mais pas défait, comme si elle-même convenait qu'à la mort de son mari il n'y avait rien à redire, quatre-vingt-seize ans vécus presque jusqu'à la fin en pleine santé, soixante-quinze ans à s'aimer l'un et l'autre d'un amour qui malgré les tourmentes avait tenu bon, on ne pouvait pas se plaindre. Puis les quatre enfants qui l'un après l'autre avaient fait de même, Julie d'abord, puis Nicolas, puis Catherine, puis ma mère. La foule des autres qui lentement s'étaient succédé à leur suite. Enfin Franz qui avait attendu un long moment avant de s'approcher avec cette grande fleur à la main. Une rose entière, qu'il avait laissée tomber après quelques secondes de recueillement dont je comprenais maintenant le sens.

Adieu père que je n'aurai pas eu.

Adieu père dont je serai resté jusqu'au bout orphelin.

Autour de la table chacun prenait place, les pieds des chaises crissaient sur les dalles de la terrasse. On installait Imma dans un fauteuil, un coussin dans le dos pour qu'elle se tienne bien droite. Catherine munie d'une louche demandait que chacun tende son assiette et reçoive sa part de la rouille du père. C'était peu ou prou la même fête que chaque année, sur la même terrasse, à manger le même plat devenu d'année en année incontournable, accueilli chaque fois du même enthousiasme, des mêmes soupirs, les convives un peu plus âgés chaque année seulement, les traits plus marqués, les cheveux plus blancs, l'œuvre du temps malgré tout discrète, la vie bien faite, les effets du vieillissement assez lents pour demeurer incertains, l'impression dominante n'en restant pas moins celle d'une stabilité – la fête continuant à procurer à chacun le sentiment recherché, de cohésion, de confort, de continuité rassurante de la vie, chaque année reconfirmée par l'énergie de ceux qui étaient là.

À M., a dit doucement Franz en levant son verre, et je me suis machinalement tourné pour chercher du regard Imma, voir ce qu'elle faisait. Je me suis aperçu qu'elle nous fixait, qu'elle ne perdait pas une miette de nos échanges. Qu'une fois de plus elle devinait tout. Elle qui m'avait parlé si durement il y a quelques mois, je l'ai vue me faire un signe de la main, comme un bonjour adressé du bout de sa table. Un signe affectueux, qui avait l'air de simplement m'envoyer de la tendresse, de me dire salut mon Simon.

À M., j'ai dit moi aussi en faisant tinter mon verre contre celui de Franz et de Julie. Et tous les trois nous sommes allés rejoindre les autres à table.

17

Maintenant la Clio filait comme un petit bolide dans la lumière de la fin juin. Depuis le voyage précédent les couleurs s'étaient éclaircies, les arbres avaient repris vie, de toutes parts le vert éclatait. J'étais parti avant l'aube, j'ai vu le soleil se lever, monter peu à peu au-dessus des plaines argentées d'oliviers et de chênes verts. J'ai savouré le bleu intense du ciel, le spectacle des plaines de cailloux scintillantes, des collines aux arbustes ras. Savouré la lumière du Sud, comme si jetés contre ce bout de croûte terrestre les rayons du soleil se réverbéraient autrement qu'ailleurs, rebondissaient dans toutes les directions à la fois, découpant chaque plante, chaque pan de vigne ou de garrigue, faisant vibrer chaque pierre, poudroyer chaque grain de poussière.

J'ai continué plein nord et peu à peu j'ai senti que je basculais dans un autre monde. Celui des sapins, des épicéas, des forêts gorgées d'eau. Pays reculé dans les contreforts des montagnes, loin des mers. Pays auquel le brouillard allait bien. Où tout était fixe. Où les lacs et les hauts arbres reposaient immobiles dans leur écrin de vallées, et c'étaient les brumes qui tantôt les prenaient tantôt se retiraient d'eux, comme fluait et refluait la mémoire. Pays des fantômes, des souvenirs, des secrets.

Bientôt le lac est apparu, vaste, bleu, d'un bleu beaucoup plus franc que six mois plus tôt dans la grisaille de l'hiver. Je suis arrivé dans la petite ville suisse de Romanshorn vers 14 heures, me suis garé au bord de l'eau, dans la file d'attente du ferry pour Friedrichshafen, de l'autre côté du lac, d'où je ne serais plus qu'à quelques kilomètres de chez M. Je suis allé flâner sur le quai, au bord de l'eau. J'ai scruté le lac en essayant d'en sonder le volume, détaillant les galets du fond, suivant du regard les bancs de poissons argentés dont les dos épais scintillaient chaque fois qu'ils se bousculaient, jetés les uns contre les autres par les remous d'une vague.

J'ai songé à ce nom : le lac de Constance. Je me suis demandé si vingt ans d'amour cela pouvait déjà s'appeler de la constance. Si A. et moi, malgré notre séparation, ne méritions pas un semblant de place, même infime, au bord du lac. J'ai pensé à tous les après-midi où Malusci et l'Allemande s'étaient promenés là, debout l'un contre l'autre sur la rive. Je me suis rendu compte que je n'avais jamais cessé depuis le début de me les figurer ainsi : inépuisablement aimantés l'un par l'autre, emplis de désir, heureux. Que j'avais fait de ce bonheur un point de départ non négociable, sans jamais envisager qu'il puisse y avoir à l'origine de toute l'histoire autre chose que cela, de l'amour, du désir, de l'intensité, un point d'incandescence capable de survivre au temps et à toutes les tentatives d'effacement – rencontre de la Méditerranée chaude et du froid Rhin, de la grande bleue miroitante de soleil et des forêts de sapins embrumés, du sang bouillant du Sud et de l'impérieuse loi de la passion germanique, la loi du monde de Werther où l'on mourait d'aimer, où l'on était fidèle par-delà la vie.

J'ai mesuré tout ce que cela disait aussi de moi. Des rêves qui continuaient de m'habiter. Fantasme d'un amour déraisonnable, dédaigneux de tous les dangers, de tous les risques.

J'ai marché le long du lac, regardé un canot à moteur qui là-bas filait, un pêcheur à son bord. Au large un coup de sirène a retenti : le ferry. Je l'ai regardé approcher, exactement semblable à ce que j'avais vu sur internet, avec sa gueule déjà ouverte à la proue, ses voitures parées à débarquer, ses dizaines de passagers accoudés à la balustrade, affairés à scruter la rive.

Avant que je prenne la route, Julie m'avait parlé de ce ferry. Elle m'avait raconté la première visite qu'elle avait faite à M., peu de temps après sa rencontre avec Franz. Comment M. avait tenu à venir la rejoindre de ce côté-ci du lac. Retrouvons-nous à Romanshorn, avait dit M. au téléphone, je n'ai pas fait la traversée depuis tant d'années. Julie avait garé sa voiture, s'était promenée sur la jetée pour tuer le temps. En voyant le bateau arriver elle avait scruté la foule des passagers, s'était mise à guetter avec anxiété chaque visage d'homme qui débarquait. D'un coup elle l'avait vu, m'avait-elle raconté. M. accoudé à la rambarde, de toute évidence affairé lui aussi à la chercher du regard. Elle avait eu la certitude qu'elle ne se trompait pas, il était grand et mince, portait un blouson de cuir au col en fourrure que jamais Malusci ne se serait aventuré à enfiler, un chapeau, des lunettes de vue, il n'avait pas le visage de Malusci, pas non plus son regard et pourtant j'ai instantanément su que c'était lui, m'avait raconté Julie, il y avait trois cents personnes à bord et pas une seconde je n'ai hésité, j'ai marché vers lui, j'ai dit vous êtes M. n'est-ce pas, il a simplement dit oui, et à son absence de surprise j'ai compris que lui aussi savait depuis le début que c'était moi.

Sur internet la semaine précédente j'avais trouvé la nécrologie d'une Liselotte H. décédée quelques mois plus tôt, enterrée à quelques kilomètres du domicile de M., dans l'un des cimetières voisins du lac. *Nach einem erfüllten Leben nehmen wir Abschied von unserer lieben Mutter, Oma und Uroma Liselotte H.* Après une vie bien remplie nous disons au revoir à notre bien-aimée mère, grand-mère et arrière-grand-mère Liselotte H. J'avais pensé que sans doute c'était elle. Les prénoms de tous ses enfants, petits-enfants, arrière-petits-enfants suivaient, et je les avais lus, les avais comptés, vingt et un en tout. Les quelques lignes de faire-part étaient belles, douces, remplies d'amour, on sentait que Liselotte H. avait été toute sa vie chérie des siens et ç'avait été comme si cet amour m'apaisait, me soulageait.

Avant de partir j'avais rendu visite à Imma. L'avais longuement filmée dans sa villa du bord de mer. Imma à son balcon. Imma devant sa vue sur la mer. Imma devant les bougainvilliers du jardin. C'était un mardi de juin. Elle s'était mise au piano. J'avais fouillé parmi les partitions de chant, trouvé une anthologie de lieder de Schubert. Imma en avait joué un très célèbre, puis un autre. Je les avais fredonnés comme j'avais pu, Imma ne perdant jamais patience, m'encourageant, reprenant autant de fois que nécessaire sa partie d'accompagnement pour que nous arrivions au bout.

Après le déjeuner elle s'était assise dans un fauteuil.

J'avais posé la caméra sur un pied, lui avais demandé de raconter les maisons où elle avait vécu. Elle s'était mise à reparcourir le fil de ses presque cent années, énumérant calmement les villes, les noms de rues, les adresses exactes, 56 rue du Rocher à Paris, 9 rue Charles-Grain à Paris, Ferme Enjalbert à Ain Kihal en Algérie, 1 chemin de La Clapère à Maureillas, 3 chemin des Étroits à Toulouse, 13 rue de la Colline à Sanary-sur-Mer, 69 allée des Mimosas à Six-Fours-Les-Plages. Elle avait parlé du verger de la petite ferme achetée par Malusci près de Narbonne après le retour d'Algérie, s'était rappelé les noms des quatre variétés de cerises qui y poussaient, et qui venaient chaque année dans le même ordre : les hâtives de Bâle d'abord, puis les Burlat, puis les bigarreaux, enfin les Napoléon. Elle avait ri de se rappeler tout si bien.

Maintenant si tu veux je te récite toutes les dates de naissance de la famille, elle m'avait dit en regardant la caméra bien en face, triomphant d'avance, et avant que j'aie eu le temps de dire oui elle s'était mise à les réciter toutes, celles de ses enfants d'abord, Marie le 12 février 1949, Catherine le 15 mars 1951, Nicolas le 23 février 1953, Julie le 25 septembre 1963. Puis celles de ses petits-enfants. Des compagnes et des compagnons de ses petits-enfants. Tout cela sans une hésitation, jamais.

Je lui avais avoué qu'A. et moi étions séparés

désormais. Que notre séparation datait de près d'un an déjà, même si je n'avais rien osé lui dire. Elle m'avait regardé et m'avait dit que bien sûr elle l'avait compris, depuis longtemps. Mais qu'elle était contente que je le lui dise. À l'arrière-plan par les baies du salon la mer brillait, des voiliers filaient penchés sur l'eau, les moutons faisaient des points blancs qui scintillaient puis s'évanouissaient, renaissaient la seconde d'après ailleurs, la mer entière mouchetée, soulevée, brillante.

Un matin que je l'avais appelée pour prendre de ses nouvelles, elle s'était presque étonnée que je m'inquiète de sa solitude. Oh ça va tu sais, elle avait répondu. Je sors tous les matins m'occuper du jardin, je joue du piano, je regarde Mezzo, tu connais Mezzo, c'est formidable cette chaîne, il y a tout le temps des concerts magnifiques. Je lui avais demandé quels morceaux de piano elle jouait. Oh toujours du Ravel, du Debussy, les deux compositeurs que j'ai toujours préférés. Et puis aussi un peu de Richard Strauss. En ce moment je joue *Morgen*. Tu connais *Morgen* ? C'est un lied que ton grand-père chantait magnifiquement. Je le joue, ça me fait penser à lui, ça me fait plaisir. J'avais raccroché, m'étais remis à travailler, la radio allumée. J'avais pris en cours une émission sur une cantatrice américaine qui venait de fêter ses soixante-dix ans. Il y avait eu la fin d'un air d'oratorio d'abord. Puis les premiers accords d'orchestre d'un nouveau morceau avaient retenti, la voix de la soprano s'était élevée et j'avais senti l'émotion m'envahir. C'était *Morgen*.

18

Je voudrais vivre dans un monde où les choses puissent se dire en face, la vérité s'affronter. Où chacun de nous soit assez libre et fort pour accueillir la liberté des êtres qui l'entourent.

Maintenant j'arrive dans l'impasse où habite M. Je roule vers la maison que j'ai regardée vingt fois sur internet, je freine, je m'arrête trente mètres avant le portillon. Un vieil homme est là, dans le jardin. Il a les épaules un peu voûtées, la chemise rentrée dans le pantalon, la silhouette élancée, mince, un peu raide, élégante malgré l'âge. Il est au téléphone, de dos, portable collé contre l'oreille. Je le regarde qui ramasse un vélo d'enfant, des arceaux et des boules de croquet, un ballon de foot. Je l'observe qui range les jouets dans un petit cagibi en planches, tout cela sans cesser de téléphoner.

Puis l'homme se retourne et pour la première fois

je vois son visage. C'est le visage d'un homme encore beau, les traits doux, le regard clair. J'ai peur qu'il m'aperçoive mais il est trop absorbé par son coup de fil, il parle avec animation dans le micro de son portable, il sourit, il éclate de rire, il recommence à parler doucement en fermant les yeux, comme s'il voulait tout entier se fondre dans le petit appareil, rejoindre la voix à laquelle il s'adresse, se blottir contre elle.

Alors d'un coup je comprends, d'un coup j'en ai la certitude : M. est amoureux, il aime et il est aimé, et ce coup de fil qu'il passe est celui d'un homme épris comme un gamin, épris comme à quinze ans quand pour la première fois on aime et rien que d'entendre la voix aimée nous électrise.

M. est amoureux, j'en ai soudain la certitude – ce n'est donc pas vrai que l'amour ne puisse jamais renaître, le cœur jamais rebattre, ce n'est pas vrai qu'on doive toujours être seul, que même l'abandonné des abandonnés doive toujours souffrir.

Je reste quelques instants encore à le regarder qui finit de ranger les jouets de ses petits-enfants, rentre chez lui. Puis je sonne à sa porte.

De l'autre côté je l'entends qui répond joyeusement, insoucieusement, sans savoir encore qui est là. Je me demande ce qu'il dira dans trois secondes, s'il sera accueillant ou hostile, s'il approuvera ou non que je sois venu à l'improviste. De toute façon c'est trop tard. De l'autre côté de la porte la voix dit déjà ce que j'ai toujours pensé qu'elle dirait. Elle dit le mot, elle le dit d'un ton léger et d'un coup cela paraît presque dérisoire, toutes ces circonvolutions depuis le début pour en arriver là, tous ces errements pour aboutir simplement au fond à cette invitation entendue à travers le panneau de bois qui déjà s'ouvre : Entre.

CET OUVRAGE A ÉTÉ ACHEVÉ D'IMPRIMER
LE NEUF MAI DEUX MILLE VINGT-TROIS
DANS LES ATELIERS DE NORMANDIE ROTO
IMPRESSION S.A.S. À LONRAI, 61250, FRANCE

N° D'ÉDITEUR: 7215
N° D'IMPRIMEUR: 2301736

ISBN: 978-2-7073-4910-1
Dépôt légal : septembre 2023